PREMIO NACIONAL
a la mejor labor editorial
en literatura infantil y juvenil 1982

Brillante

Enric Larreula

ediciones sm Joaquín Turina 39 28044 Madrid

Colección dirigida por **Marinella Terzi**

Ilustraciones: *Olga Pérez*
Traducción del catalán: *Angelina Gatell*

Título del original catalán: *Brillant*
Publicado por Editorial Cruïlla/Ediciones SM

Comercializa: CESMA, S.A. - Aguacate, 25 - 28044 Madrid

ISBN: 84-348-2919-3
Depósito legal: M-6194-1990
Fotocomposición: Grafilia, S.L.
Impreso en España/Printed in Spain
Imprenta SM - Joaquín Turina, 39 - 28044 Madrid

PRIMERA PARTE

ELOY, VAS A LLEGAR TARDE... Eloy, vas a llegar tarde... Eloy, vas a llegar tarde... Se dio cuenta de que se despertaba.

—¡Eloy, vas a llegar tarde! ¡Anda! ¡Date prisa! —decía su madre.

«¿Y qué? —pensó—. Me da igual llegar tarde a donde sea... Se está tan bien en la cama...» La cabeza le pesaba.

—Vamos, levántate. Son las ocho. Isona ya está desayunando.

Abrió los ojos. Isona... El desayuno... Las ocho... La escuela... Sintió el ruido del molinillo del café que la madre había puesto en marcha en la cocina. Tenía que levantarse... ¿Por qué por las mañanas tenía más sueño que en cualquier otra hora? Pero debía levantarse... ¡Fuera pereza! Se levantó, se lavó, se vistió y entró en la cocina.

—Vamos, Eloy, que yo también tengo que irme —decía la madre mientras bebía su taza de café con leche.

—¿Dónde está Isona? —preguntó él al ver que su hermana no estaba en la cocina.

—Ya se ha ido.

—¿Tan temprano?

—Laura ha pasado a recogerla. Tienes el desayuno en la mesa. Yo tengo que irme, ¿me oyes?

—Sí.

—Cierra bien, ¿eh?

—Sí, mujer —dijo enfadado.

Y pensó:

«No sé por qué tiene que decirlo; yo ya sé que tengo que cerrar bien, ¿no?»

La madre, corriendo como siempre, se puso la chaqueta, cogió su bolsa; estuvo, también como siempre, un rato buscando sus llaves, gruñendo porque no las encontraba, y cuando finalmente las encontró, abrió la puerta y se fue a trabajar.

La casa había quedado silenciosa. El taconeo de los zapatos de la madre corriendo por el piso había desaparecido. Eloy empezó a comerse el bocadillo que ella le había dejado preparado encima de la mesa. El reloj de la cocina señalaba las nueve de la mañana. Eso quería decir que faltaban aún cinco minutos. El reloj de la cocina siempre iba cinco minutos adelantado. La madre decía que le gustaba llevar el reloj cinco minutos adelantado porque así no llegaba tarde al trabajo.

«Es una tontería —pensaba Eloy— porque, como ya cuenta con que va cinco minutos adelantado, todos los días sale de casa cinco minutos tarde y no le sirve de nada. Y llega tarde.»

También a él se le iba haciendo tarde. Así que se tomó un vaso de leche y se llevó el bocadillo para comérselo por el camino. Cuando salió a la calle, se dio cuenta de que hacía fresquito. El tiempo cambiaba deprisa. Estaban a finales de octubre.

La escuela se encontraba cerca de su casa. Calle de Aiguafreda, calle de Llorach, plaza de los Porches, calle de Bernat Giner, y ya estaba. Total, cinco minutos.

Cuando dobló la esquina de la calle de Bernat Giner vio ya la escuela y a los niños que acudían a ella. Vio también a las madres que en la puerta de entrada hablaban, comentaban cosas... Delante de la escuela había una especie de placita en la que el Ayuntamiento había instalado columpios y un tobogán. Eloy iba comiendo aún su bocadillo. De pronto vio, junto a un columpio, un perro negro, peludo, con los pies blancos como si llevara calcetines, rascándose con fruición. Al pasar por su lado le dio el trozo de pan con tortilla que aún le quedaba y que ya no podía terminarse y entró corriendo en el patio de la escuela. Era tarde. El perro se quedó en la placita, junto a los columpios, comiéndose el pan y moviendo el rabo.

Fue una mañana como tantas otras. Su amigo Marcos, que se sentaba a su lado, en el mismo pupitre, y al que todos llamaban el Mofletes debido a lo redondos que los tenía, le enseñó su colección de cromos, prácticamente terminada. Él estaba haciendo la misma colección, pero apenas si acababa de empezarla.

A las doce en punto la escuela abrió sus puertas y todo el mundo empezó a salir alborozadamente. Fuera, en la placita, junto a la entrada del patio de la escuela, las madres de los más pequeños esperaban como si no se hubieran movido de allí desde las nueve de la mañana. Todas se quejaban, como siempre, de que la vida estaba cada día más cara.

Eloy y Marcos salieron riendo, cogidos por los hombros. Cuando llegaron a la placita, Eloy se dio cuenta de que el perro aún estaba allí. En aquel momento yacía acurrucado debajo de un columpio.

—¿Tienes pan? —preguntó a su amigo.

—No, no tengo.

—¿Ni unas migas?

—No, me lo he comido todo.

Eloy miró los mofletes gordezuelos de su amigo y dijo lentamente:

—No me extraña.

—¿Qué es lo que no te extraña? —preguntó el chico con curiosidad.

—Nada... Que te comas todo el pan.

El Mofletes se picó.

—¿Y por qué no tengo que comérmelo? ¿Es que tú no te lo comes? ¿Eh? ¡Di!

—No, yo le he dado un trozo a aquel perro —dijo señalándolo.

Los dos se acercaron a él.

—¿De quién es? —preguntó el Mofletes—. ¿Muerde?

—Mira que eres cagueta —dijo Eloy, haciéndose el valiente y agachándose junto al perro.

El animal, al sentir cerca la presencia de los niños, levantó la cabeza, enderezó las orejas y abrió unos ojos redondos, negros, brillantes, húmedos. Echado aún, empezó a mover el rabo. Al agitarse, el rabo daba golpecitos en el suelo como si tocara el tambor: tap, tap, tam.

Los dos niños se agacharon a su lado. El perro los miraba con la cabeza vuelta, y tan de reojo que se le veía el blanco del ojo que rodea la pupila. El Mofletes se echó a reír.

—¡Qué cara tan divertida! ¿Verdad?

—Sí.

—¿De quién será?

—No lo sé —dijo Eloy—. Esta mañana ya estaba aquí. No debe de ser de nadie. ¿No ves que no lleva collar? Debe de andar perdido.

Marcos lo miraba con la boca abierta. Inició el gesto de acariciarlo. Pero la mano le temblaba un poco por el deseo de tocarlo y otro poco por miedo de que el animal le mordiera. De pronto, el perro se incorporó. La mano del Mofletes se quedó en el aire, petrificada. El perro se estiró, bostezó y, bajando la cabeza, se fue acercando lentamente, lentísimamente, a los dedos inmóviles de Marcos. El pelo negro del perro y la mano blanca del niño se encontraron y se fundieron el uno con la otra, como si hubieran estado mucho tiempo esperándose. Marcos sintió un escalofrío y pensó:

«Me gustaría tanto tener un perro como éste para jugar con él...»

El perro, restregándose contra la mano del Mofletes, pensó:

«Me gustaría tanto tener un niño como éste para jugar con él...»

Se incorporó sobre las patas traseras y lamió la cara de Marcos. Éste lo abrazó.

NURIA Y LAURA se habían entretenido hablando en la minúscula placita de los porches. Iban también a sexto, a la misma clase que Eloy y Marcos. Eran amigas suyas, pero no por el hecho de ir a la misma clase, sino sobre todo porque la madre de Eloy y de Isona, los padres de Marcos, los de Laura y los de Nuria habían hecho una gran amistad a resultas de las reuniones de padres que se celebraban en la escuela. Salían juntos los domingos, de excursión o bien —con frecuencia— al chalé que los padres de Marcos tenían en Vallgorguina. E incluso, desde hacía dos años, procuraban hacer coincidir las vacaciones para poder ir juntos de *camping*. Ya habían ido a Andorra, a *Sant Pere Pescador*, a...

—Nuria, mira quiénes vienen por allí... —dijo Laura medio riendo.

—Sí, ya los veo... Traen un perro... ¿Cómo puede ser si ninguno de los dos tiene perro?

Los niños, al darse cuenta de que Nuria y Laura los miraban llenas de curiosidad, cruzaron la placita con un aire entre solemne e indiferente.

—¡Hola! ¿De quién es ese perro? —preguntó Nuria intrigada.

—Nuestro —contestó Eloy—. De Marcos y mío. Lo hemos encontrado delante de la escuela y nos sigue por todas partes. Debe de haberse perdido.

—¡Pobrecito! —exclamó Nuria acariciándolo.

—¿No me morderá si lo toco? —preguntó Laura muriéndose de ganas mientras empezaba a alargar la mano.

—¡Sí! ¡Y fuerte! —gritó el Mofletes con todas sus fuerzas.

—¡Aaaaahhh! ¡Estúpido! ¡Animal! —chilló ella asustada, y retiró precipitadamente la mano.

Marcos y Eloy se retorcían de risa. Entretanto, Nuria, como si ya estuviera de vuelta de todo, dijo a su amiga:

—No les hagas caso. Ya sabes cómo son.

Los niños no paraban de reír; demasiado, teniendo en cuenta lo que el hecho podía tener de gracioso. Pero ellos pensaban que aquello los situaba un poco por encima de las chicas y se aprovechaban. El perro, que había empezado a mover el rabo, se puso a ladrar muy contento al ver que los niños no paraban de armar bulla a su alrededor.

—¡Se está riendo! —exclamó Eloy mirándolo.

Todos observaron al perro. Éste seguía ladrando y empezó a saltar animado por la jarana. Esto acabó por alborotar a todos y empezaron a reír a carcajadas para que el perro volviera a ladrar.

—¿Adónde pensáis llevarlo? —preguntó Nuria de pronto, poniéndose seria.

Los demás también dejaron de reír.

—No lo llevamos a ninguna parte; él nos sigue —dijo Eloy—. Quizá lo llevemos a mi casa, si mi madre me deja tenerlo.

—¿Y si no lo quiere? —insistió Nuria.

—Entonces, a tu casa, Marcos. ¿Verdad que en tu casa sí lo querrán? —preguntó Eloy a su amigo.

Éste meditó durante algunos segundos y dijo:

—Me parece que no. Los conozco bien —y se quedó callado, serio.

—Y si no lo quieren en vuestras casas, ¿qué pensáis hacer? ¿Volver a dejarlo en medio de la calle?

Los niños no sabían qué decir. No habían pensado en tantas cosas.

—Supongo que no lo dejaréis abandonado en la calle para que se muera de hambre o lo aplaste un coche, ¿verdad? —insistió Nuria una vez más.

—No, claro que no —dijo Eloy coaccionado por la

niña—. Si no lo quieren... podrías tenerlo tú, o tú... —dijo mirando a las chicas—. Después de todo, pasamos casi todos los domingos juntos, ¿no? O sea que da igual quién lo tenga, ¿verdad, Marcos?

—Sí, claro —contestó el niño, muy serio—. Da igual quién de nosotros lo tenga; el caso es que no se quede en medio de la calle.

Pero en el fondo del fondo del fondo de su alma pensaba que no era igual quién lo tuviera, aunque fuesen muy amigos y salieran juntos los veranos o los domingos, porque a él le habría gustado tenerlo en su casa y que lo esperara cada día al volver de la escuela, y llevarlo a pasear... Pero sabía cómo eran en su casa y estaba seguro de que no se lo permitirían. Pondrían como pretexto a su hermano pequeño.

—Bueno; si queréis que nosotras también nos ocupemos de él, lo haremos, ¿verdad, Laura? —dijo Nuria con aire triunfal, porque había sabido llevar el tema hacia donde le interesaba.

—Sí, pero en mi casa ya sé que no lo querrán —contestó su amiga—. Mi padre empezará a decir que ya tuvimos un gato que se llamaba Quico y que nos dio un gran disgusto cuando se murió, y que tener animales en casa para sufrir cuando se mueran no vale la pena. Siempre dice lo mismo.

—¿Y en tu casa? —dijo Eloy mirando a Nuria.

—No lo creo. A mi madre los perros le dan un miedo horrible. Dice que una vez la mordió uno y...

El Mofletes se tranquilizó; no parecía fácil que alguien se lo quedara. Estaban lo mismo que antes. Pero también sabía que si no podían colocarlo en ninguna casa, todos lo perderían definitivamente. Y a los mayores les cuesta tanto comprender las cosas más sencillas...

HACÍA UN BUEN RATO que Isona y su madre estaban ya en casa. Los martes, la madre, después del trabajo, iba a recogerla a la piscina (la había apuntado a natación). Luego, las dos pasaban por el supermercado y hacían algunas compras. Ahora estaban en la cocina y, mientras la madre preparaba la cena, la niña le contaba cómo le habían ido las cosas aquel día.

—¿Sabes que ya me sostengo sola?

—¿Ah, sí?

La madre estaba nerviosa. Era muy tarde y Eloy aún no había vuelto a casa. Dijo:

—¿Te ha dicho Eloy si tenía que ir a algún sitio al salir de la escuela?

—No, no me ha dicho nada. Debe de estar en casa del Mofletes.

—¡Ay, hija, no llaméis así a Marcos!

—¿Por qué no? A él le gusta que se lo llamen. Además, él me llama Comino.

En aquel momento se abrió la puerta. La niña corrió hacia ella.

—¡Traen un perro! —se oyó gritar a Isona en el recibidor, y después, la voz amenazadora de su hermano.

—¡Calla!

—¿Que traen qué? —gritó la madre dejando la cazuela que tenía en las manos sobre el hornillo y corriendo hacia el recibidor.

Efectivamente, Eloy no venía solo. Le acompañaban Marcos, Laura y... el perro.

—¡Válgame Dios! ¿Qué animal es ése? —preguntó la madre extrañada.

Los niños quedaron muy sorprendidos ante la pregunta y contestaron todos a un tiempo:

—¡Un perro!

—¡Eso ya lo veo! —exclamó la madre—. Pero ¿de quién es?

Nadie contestaba. La madre repitió inquieta:

—¿De quién es ese perro?

Los niños la miraban sin abrir la boca. Al fin, Eloy dijo:

—Nuestro.

—¿Nuestro? ¿Qué quiere decir «nuestro»? —preguntó lentamente la madre.

—Nuestro —repitió el niño—. De Marcos, de Nuria, de Laura... y mío.

—¡Y mío! ¡Y mío! —gritó ilusionada Isona abrazándose al perro, que la lamía cariñoso.

—¡Nena, deja ese animal! —gritó la madre horrorizada—. ¿No ves lo sucio que está?

—Es verdad. Da asco. Tendremos que lavarlo en el lavadero. Voy a calentar agua —dijo la pequeña.

Y se llevó el perro hacia la galería.

—¿No os dais cuenta de que no podemos tener un perro en este piso? —dijo la madre severamente—. ¿Por qué no lo llevas a tu casa, Marcos? Vosotros tenéis un balcón muy grande...

—Ya hemos ido a mi casa, pero no lo quieren porque mi hermano va a gatas por el suelo y todo se lo mete en la boca. Yo sí querría quedármelo.

—¿Y en tu casa? —preguntó la madre mirando a Laura.

—Lo hemos intentado, pero mi padre ha empezado con la historia del gato que se llamaba Quico, que se murió y nos dio un disgusto muy grande y que... ¡Bueno, que no quiere ningún otro animal en casa! Siempre dice lo mismo.

—También lo hemos intentado en casa de Nuria, pero no puede ser porque su madre tiene un miedo horrible a los perros. Dice que cada vez que ve uno le dan escalofríos —dijo Marcos con acento trágico.

En aquel momento se oyó ladrar al perro en la galería. Por lo visto, el agua y el jabón no le hacían ninguna gracia. Los niños corrieron alborozados hacia allí. La madre gritaba detrás de ellos:

—¡No os hagáis ilusiones, no quiero ningún perro

aquí! Sólo me faltaría eso, con el trabajo que tengo. ¡Dios mío, cómo vais a ponerme el piso...!

AL CABO DE MEDIA HORA, los cinco, Laura, Nuria, a la que habían llamado por teléfono, Marcos, Eloy e Isona, que llevaba el perro atado con una cuerdecita, se reunieron en la placita para intentar encontrar una solución.

—En mi casa no lo quieren, ya lo habéis visto —dijo uno de ellos.

—Ni en la mía tampoco.

—No podemos tenerlo en ninguna casa —dijo Nuria entristecida.

—¿Qué hacemos? ¿Vamos a dejarlo abandonado en la calle para que se muera de sed y de hambre y lo aplaste un coche? —preguntó Isona inquieta.

—¿O que lo cojan los de la perrera y lo maten? —añadió su hermano sin levantar los ojos del suelo.

Hubo unos instantes de silencio.

—¿Dónde podríamos tenerlo?

Lo miraron. Iba limpio, con un pelo negro, sedoso, brillante, y unos pies blancos como la nieve. Daba gusto verlo. Con el fregoteo recibido en casa de Eloy parecía otro.

—¿Qué nombre le pondremos? —preguntó Nuria.

Meditaron.

—¡Perdido! —gritó Isona.

—No. ¡Brillante! —exclamó Marcos.

—¡Oh, sí! ¡Brillante, Brillante, que es muy bonito! —dijeron las chicas.

El perro, dándose cuenta de que estaban hablando de él, echó a correr por la placita y empezó a dar vueltas enloquecido y contento. Después de dar cuatro o cinco vueltas, volvió junto a los niños. Llevaba en la boca un cartón que había encontrado. Hacía «grrrr», «grrrr», como si gruñera y quisiera morder. De repente, saltó a su alrededor para que tiraran del cartón, a ver quién tenía más fuerza. Todos empezaron a jugar.

—¡Brillante, ven aquí!

—¡Brillante, trae eso!

—¡Tú ve por allí y yo iré por ahí; lo acorralaremos y le quitaremos el cartón —gritaba Eloy a su hermana.

Sólo Nuria no jugaba y miraba a los demás con indiferencia mientras meditaba:

«¿Dónde dormirá Brillante esta noche?»

Al fin empezó a gritar:

—¡Ya lo sé! ¡Ya lo sé! ¡Ya sé dónde!

Todos se acercaron corriendo a ella.

—¿Dónde?

—¡En el solar que hay detrás de la calle de Francesc Macià!

—¿En el solar?

—¡Sí! ¡Y le haremos una casita!

Y todos, Nuria, Marcos, Isona, Laura y Eloy, corrieron entusiasmados hacia el solar sin edificar que se encontraba dos calles más abajo. Se sentían ilusionados con la idea de hacer una casita donde pudiera vivir su amigo Brillante.

El perro también corría con los niños y ladraba de alegría porque... Bueno, en realidad no sabía exactamente por qué. Pero veía a sus amigos correr y reír y se daba cuenta de lo contentos que estaban, e intuía —porque los perros intuyen esas cosas— que algo gordo debía de pasar. Y si pasaba algo gordo y todo el mundo estaba contento, era cuestión de estar contento también.

EN EL SOLAR de la calle de Francesc Macià había habido antes una casita baja, modesta, pero muy bonita, con azulejos de colores y un jardín con una minúscula fuente. Todo el barrio había estado formado por casitas bajas con jardín, construidas a principio de siglo con buen gusto y distintas unas de otras. Pero pasaron los años y vino una época en que todo cambió y mucha gente sólo pensó en ganar dinero como fuese, sólo en ganar dinero. Y se construyeron fábricas y más fábricas y vino mucha gente de fuera a trabajar y a vivir aquí, y por todas partes se empezaron a edificar casas de pisos, altas, altísimas, y a causa de ello las calles fueron cada vez más oscuras y estrechas. Y aquel barrio tan tranquilo y tan bonito de casitas con jardín se fue convirtiendo en lo que es ahora: un barrio como todos los demás.

Únicamente quedó de aquella época, agobiada por los grandes edificios actuales, la casita que ocupaba aquel solar. En el jardín ya no entraba el sol: las casas altas le hacían sombra eternamente. Se murió el limonero que había y la humedad trepó por todas las paredes. El tejado de la casa se fue ensuciando con cosas que caían o eran lanzadas desde las galerías interiores de los edificios que se alzaban a ambos lados.

Dicen que vivía en ella un matrimonio muy mayor y que no querían venderla, pero que al fin se fueron o murieron... No se sabe con exactitud porque ahora la gente ya no se conoce como antes...

El caso es que un día llegaron unos hombres, pusieron unas vallas en la calle para que no pasaran los coches y, con una de esas máquinas excavadoras que tienen una enorme pala con dientes, empezaron a morder la casita, que cayó a pedazos entre nubes de polvo y ruido de cascotes.

No quedó nada de ella.

Ni los árboles del jardín, que también fueron arrancados y destrozados. Sólo unas matas de flores amarillas y moradas sobrevivían penosamente en un rincón entre los escombros, como testimonio de un jardín asesinado.

Sin embargo, nadie construyó en el solar. Sólo lo cercaron con unas vallas de ladrillos y colocaron un enorme cartel que decía:

SOLAR ADQUIRIDO PARA LA CONSTRUCCIÓN
DEL BANCO CAPITAL

Los niños entraron con el perro en el solar a través de un agujero que había en la cerca.

Dentro todo eran escombros y apenas si se veía nada porque a aquellas horas, en aquella época del año, estaba ya muy oscuro. Menos mal que entre la luz de las farolas de la calle que llegaba por encima de la valla y la de algunas ventanas de las casas de los lados, veían al menos dónde ponían los pies.

—¿Dónde le haremos la casita? —preguntó Isona.

Los demás niños, sobrecogidos por tanta oscuridad y tanta ruina, no contestaron.

Laura no pudo contenerse:

—¿Estáis seguros de que no hay ratas?

—¡Vaya, ya empezamos! —exclamó Eloy—. Ya empezamos con el miedo a las ratas. Si no hacen nada, mujer —afirmó el chico riendo y mirando a Marcos como buscando su complicidad.

Pero, a pesar de sus esfuerzos, Marcos no consiguió reír. Sin embargo, claro está, no le quedaba más remedio que hacer de tripas corazón y disimular. No era cuestión de hacerse el cagueta delante de las chicas, sobre todo después de lo que acababa de decir Eloy. Porque mira que ese Eloy... ¿Quién le mandaba decir nada? Tan bonito como es poder decir: «Tengo miedo», y se acabó, y no, a pesar de tenerlo, tener que reír como si no pasara nada. ¿O es que las ratas sólo muerden a las mujeres? ¡Caray!... De pronto, el rabo de Brillante le rozó las piernas y Marcos lanzó un grito espeluznante: ¡Aaaaaaaahhh!, y echó a correr. Se volvió hacia los demás, que se habían quedado mirándolo sorprendidos, y al darse cuenta de que se había equivocado quiso salvar la situación diciendo en tono de burla:

—¡Vaya, cómo os he asustado! ¿Verdad?

—Venga, que se hace tarde. No juegues, Marcos —dijo Nuria tranquilamente.

—No aceptáis ninguna broma —dijo el chico, picado, al tiempo que volvía junto a los demás.

—¡Ya lo tengo! ¡Ya he encontrado el sitio! —gritó Laura entusiasmada—. Aquí, junto a las flores.

Todos echaron a correr hacia las matas que en aquel anochecer de octubre se abrían, amarillas y moradas, como si presintiesen que su vida se estaba acabando y había que darse prisa.

Sin embargo, a aquellas horas, los chicos poco podían hacer ya. Sólo ver cuáles eran las posibilidades que ofrecía el solar y dejar en él encerrado al perro. Al día siguiente hablarían. Por tanto, lo más urgente era buscar entre los escombros piedras y maderas para tapar el boquete de la cerca y que el perro no pudiera salir. Sería fácil encontrar lo que necesitaban y también todo el material necesario para construir la caseta, porque allí había de todo: tejas, azulejos, maderas... Pronto encontraron lo que buscaban: una puerta vieja medio enterrada debajo de los cascotes que les iría que ni pintada para su propósito. Empezaron a desescombrar. Todos colaboraron con afán. Bueno, todos no. De pronto, Eloy se dio cuenta de que su hermana no estaba.

—¿Dónde está Isona? —preguntó.

—No lo sé. Hace un momento estaba aquí con nosotros, quitando cascotes —dijo Nuria.

—¿Por qué se habrá ido? ¡Con el trabajo que tenemos! —gritó su hermano—. ¡Será boba...! ¡Ya verá cuando llegue a casa! ¡Siempre hace lo mismo! ¡Ya verá, ya!

Todos seguían quitando piedras de encima de la puerta. Eloy, en voz baja, seguía despotricando.

En aquel momento, Brillante empezó a ladrar alegremente. Alguien se acercaba. Sí, alguien se metía por el agujero de la valla y se acercaba al grupo. Era Isona, con un capazo lleno de cosas...

—¿Dónde estabas? —le gritó su hermano apenas verla.

—He ido a buscar cosas que necesitamos para Brillante —dijo la niña mientras iba sacando todo del capazo y lo dejaba en el suelo—. Una manta vieja para que no tenga frío por la noche; un bote de sobras para que coma; otro bote para llenárselo con el agua que traigo en esta botella; un muñeco de goma que tengo de cuando era pequeña —el perro lo olfateaba todo muy contento—. Y estos esquejes de geranio.

—¿Comen geranios los perros? —preguntó Marcos confuso.

—¡Qué tonto! —rió Isona—. Son para plantarlos junto a las demás flores. Allí haremos el jardín, la casita y...

El perro, como si riera también, empezó a ladrar de nuevo.

AQUEL MEDIODÍA, cuando el reloj dio las doce y toda la escuela se preparaba para salir, Eloy se sintió desesperado. Como él y su hermana se quedaban a comer en el colegio, no podrían pasar por el solar de la calle de Francesc Macià, donde tenían encerrado el perro desde la noche anterior, y ver qué hacía. Por eso no paraba de dar consejos a Marcos, ya que éste sí tendría tiempo al mediodía, antes de ir a su casa a comer, de jugar un buen rato con el perro.

—Lo que tienes que hacer, Marcos, es procurar que no pueda escaparse por el agujero. Pon la madera bien y con una piedra grande detrás para que no pueda tirarla. Ah, y mira que no haya volcado el cacharro del agua, y si lo ha volcado, ponle más. Y limpia un poco su rincón...

—Sí, hombre, ¿y qué más? —dijo Marcos entre enfadado y divertido por tantas órdenes seguidas.

—Riega los geranios que plantó Isona.

—¡Anda! ¡Qué peñazo! Ya está bien, ¿no?

—¿No ves que yo no puedo salir hasta la tarde? Y alguno de nosotros tiene que tener aquello bien controlado; si no, cualquiera sabe lo que organizarán las chicas. Antes me he acercado a su pupitre y les he oído comentar que quieren hacer cortinas con volantes para la casa —dijo Eloy con tono siniestro.

—Qué bonita será, ¿no? —dijo Marcos espontáneamente.

—¿Qué estás diciendo? —saltó Eloy—. ¡Marcos, no seas animal! ¿Quieres que nuestro perro haga el ridículo de esa forma? ¿No te das cuenta de que, si de ellas dependiera, acabaría llevando lazos y cascabeles?

—¿Te lo han dicho?

—No, pero lo veo venir.

Dieron las doce y todos se levantaron y empezaron a salir. Pero aquel día, ¡caramba!, parecía que todo el mundo salía más despacio que otras veces. La escalera estaba taponada y el descenso fue lentísimo.

Al fin llegaron al patio. Al fondo, la puerta que daba a la placita llena de madres que esperaban, charlando como siempre, a los más pequeños. En el patio estaba Isona jugando con otros niños y niñas de su curso que también se quedaban a comer. Cuando vio que salía la clase de su hermano, corrió hacia donde estaban Laura y Nuria. Eloy, al verlo, cogió a Marcos por un brazo y le dijo:

—Tú vigila todo lo que te he dicho, no sea que esas tres nos den un disgusto —y acompañó a su amigo unos metros en dirección a la puerta.

Justo cuando Marcos puso el pie en la calle oyó unos ladridos fuertes e inconfundibles: ¡Brillante! Algunas madres se asustaron y cogieron a sus hijos pequeños precipitadamente como para protegerlos de aquel animal suelto que ladraba ruidosamente.

Los corazones de Eloy, de Isona, de Nuria y de Laura

dieron un salto y sus ojos cruzaron como flechas el patio hacia la puerta de salida. Los cuatro echaron a correr. Entre la piña de niños que iban saliendo en aquel momento, llegaron a la calle y, en medio de un corro de madres asustadizas y niños juguetones, vieron al Mofletes arrodillado en el suelo abrazado al perro, que, inquieto, no dejaba de lamerlo una y otra vez.

—¡Brillante! ¿Qué haces aquí? —gritó Nuria.

El perro, al ver que todos se le acercaban, no sabía qué pasaba y movía el rabo muy excitado. Iba hacia uno, después hacia otro, ladraba, dejaba de ladrar y empezaba a gañir como si llorara, pero no estaba triste, sino todo lo contrario. Y acabó por echarse en el suelo, patas arriba, pidiendo que lo acariciaran. Todos querían tocarlo y decirle cosas. Finalmente las madres se fueron calmando.

Muchos de los niños del colegio querían jugar con el perro y preguntaban: «¿De quién es? ¿De quién es?».

Se produjo un revuelo tan grande en la entrada que salieron Montserrat Collado, la maestra de tercero, y Joaquín Soler, el profesor de matemáticas, creyendo que había ocurrido alguna desgracia. ¡Pero nada de desgracias; aquello lo que parecía era una fiesta!

—Brillante, ¿por qué te has escapado del solar? ¿Eh? —le decía Isona maternalmente mientras lo acariciaba—. ¿No ves que podría aplastarte un coche?

Cualquiera habría dicho que aquellos niños nunca habían visto un perro. Habían formado un círculo alrededor de Brillante y de sus amos y casi se les caía la baba: que si cómo se llama, que si «¡Brillante, ven, ven!», que si Brillante por aquí, que si Brillante por allá...

Y cuando Marcos, Nuria y Laura se llevaron al perro atado con una cuerda hacia el solar, todos los niños y niñas los siguieron durante un buen trecho. Y Eloy, que se había quedado con su hermana en la entrada de la escuela, seguía dando las últimas instrucciones:

—¡Marcos! ¡Acuérdate de lo que te he dicho! ¿Me oyes? ¡Marcos! ¿Me oyes?

TODAS LAS TARDES, al salir del colegio, todos iban al solar de la calle de Francesc Macià a llevarle comida al perro. ¡Ahora tenían mucho trabajo! De momento le habían construido una caseta provisional que consistía en tres paredes hechas de piedras y ladrillos amontonados y una puerta vieja que servía de techo. Marcos dijo que cuando pudiera traería un poco de cemento del que su padre utilizaba en Vallgorguina para arreglar cosas de la casa, y entonces le harían una caseta en condiciones.

BRILLANTE se sentía muy alegre cada vez que los veía llegar. Se ponía de pie sobre las patas traseras y se apoyaba en ellos con las delanteras, como si quisiera abrazarlos. Cada vez que hacía eso, Marcos lo cogía de las patas delanteras, lo obligaba a sostenerse en pie y decía:

—Vamos, Brillante, bailemos una sardana. ¡Uno, dos, tres! Uno, dos, tres...

El perro se sostenía a duras penas mientras sacaba un palmo de lengua, larga, roja, que movía al compás de su respiración rápida, como si fuese la máquina de vapor de un tren. Y todos acababan queriendo bailar con él.

—¡Conmigo, Brillante! ¡Baila conmigo ahora!

¡Pobre Brillante! ¡Cuántas travesuras le hacían los niños!

Pero Brillante era feliz, muy feliz de tener aquellos amigos. Los quería. Siempre esperaba ilusionado la hora en que salían del colegio y le llevaban cosas, jugaban con él, le hacían bailar... Qué distinto era todo antes,

cuando andaba perdido por las calles pasando hambre y sed, sin que nadie quisiera saber nada de él... «¡Vete, vas muy sucio!», le decían cada vez que se acercaba a alguien. Ahora, en cambio, los niños le llevaban todos los días más comida de la que necesitaba. Le llevaban mucha, demasiada. Siempre le sobraba y se llenaba de hormigas...

—¡Mira, se ha dormido! —dijo Laura—. Le estaba rascando la cabeza y se ha dormido.

—Sí. Y fíjate cómo respira y mueve la pata. Eso es que sueña, ¿verdad? —preguntó Isona.

—Sí, está soñando.

—¿Qué soñarán los perros cuando duermen? —volvió a preguntar Isona con curiosidad, mirando cómo se agitaba una de las patas del animal.

—¡Yo qué sé! ¡Puedes imaginártelo: cosas de perros! —contestó Laura.

En aquel momento llegaron Eloy y Marcos cargados con unas maderas que habían encontrado y que estaban seguros de que iban a servirles para hacer algo en el solar.

—¡Ssss! ¡No hagáis ruido! ¡Se ha dormido! —dijo Isona en voz baja.

Todos se sentaron en silencio alrededor de Brillante, soñando también ellos. Cosas de niños, sin duda.

AL FIN, el Mofletes pudo traer cemento de Vallgorguina. Aquella semana, él y Eloy no pensaron en otra cosa que en cómo construir la casa de Brillante. El sábado se pondrían manos a la obra y la terminarían. Y llegó el sábado. Estaban impacientes. Sin apenas desayunar, corrieron al solar.

—No lo entiendo. Hoy, sábado, es cuando podríais dormir un poco más —decía la madre de Eloy y de Isona— y, sin embargo, es el día que tenéis más prisa.

Marcos había traído medio saco de cemento y, como pesaba mucho, tuvieron que hacer varios viajes para trasladarlo al solar. También trajo una paleta, una gaveta y un nivel. Laura había cogido de su casa un formón, un martillo, una sierra y una lima. No sabía para qué iban a servir, pero los cogió por si acaso.

Lo primero que había que hacer era recuperar los ladrillos que podían aprovecharse. Muchos de ellos estaban rotos, pero también los había lo suficientemente enteros como para ser utilizados. Tuvieron que limpiar algunos de ellos con el formón para desprender el cemento adherido. Había trabajo para todos. Marcos era el entendido, ya que su padre le había dado instrucciones sobre cómo debían mezclar el cemento con el agua y la arena para que la masa saliera bien. Y él no paraba de remover y de dar instrucciones:

—¡Más agua! ¡Más arena...!

Tan metido estaba en su trabajo que, mientras removía la masa, iba sacando la lengua. Y fueron haciendo la pared. Sin embargo, iban más despacio de lo que habían imaginado. Limpiar los ladrillos era trabajo lento y, por otra parte, el cemento recién hecho no se sostenía en la paleta e iba a parar más al suelo que a donde debía ir. Pero poco a poco iban aprendiendo. Y cuando llegó la hora de comer no quisieron irse por no dejarlo todo a medias.

Al día siguiente, domingo, el padre de Eloy y de Isona, que hacía ya un año que no vivía con ellos, fue a recogerlos porque aquel fin de semana les tocaba salir con él. Pero los niños no quisieron ir. Dijeron que tenían que acabar la caseta.

Y la acabaron.

Una vez levantadas las paredes, pusieron encima una madera un poco inclinada para que sirviera de techo y la cubrieron con tejas. No cabían en sí de gozo. En realidad, aún faltaban muchas cosas: acabar de tapar todas la ranuras y los agujeros con cemento, darle una capa de pintura blanca para que luciera más... Sin embargo, lo más importante ya estaba hecho: habían cubierto aguas, como dicen los albañiles cuando acaban el tejado.

Ahora tenían que inaugurarla.

Marcos les dijo que su padre le había explicado que, cuando se cubre una casa en construcción, se coloca una bandera encima en señal de que el trabajo está hecho y no ha habido ninguna desgracia. ¡Ellos pondrían también una bandera, ya que les hacía mucha ilusión! Después de todo, la casa de Brillante, a pesar de ser pequeñita, era igual que las demás.

—De modo que esta tarde pondremos la bandera, ¿de acuerdo?

Por la tarde, al terminar de comer, volvieron al solar. Todos llevaban una bandera. Nadie había confiado en nadie y, por si acaso, todos la llevaron. Y el solar de Brillante parecía, en aquel momento, una manifestación del Once de Septiembre. Brillante no comprendía nada, sólo sentía deseos de coger las banderas entre sus dientes y jugar rodeado de colores.

BIEN ENTRADO ya el mes de noviembre, se agudizó el frío. El hombre del tiempo había dicho por la tele que las temperaturas bajarían aún más, ya que había entrado en nuestro país, por el noroeste, un frente de aire helado. Hacía frío. Todos iban al colegio con bufandas y guantes. A Isona su madre la obligaba a ir con gorro de punto y parecía como si viniera de esquiar.

A Nuria sus padres le habían comprado un abrigo beis, con cuello redondo, que a ella le encantaba. El día que lo estrenó fue a la escuela muy emocionada y llena de ilusión. Laura la vio llegar de lejos y salió a su encuentro.

—¡Vaya, chica, qué abrigo tan bonito llevas!

—¿Te gusta? —preguntó Nuria con gesto de extrañeza completamente fingido, porque en realidad estaba convencida de que era muy bonito.

—¡Claro que me gusta! Te sienta muy bien.

Nuria dio una vuelta sobre sí misma para que su amiga pudiera contemplarla a gusto. Después, las dos entraron en clase. Al entrar, Nuria miró inmediatamente hacia el lugar donde se sentaba Eloy. ¡Le habría gustado tanto que él la viera con aquel abrigo...! Pero Eloy aún no había llegado. ¡Lástima! El Mofletes sí estaba, pero el Mofletes no se fijaría en su abrigo. Era tan bobo... Y, además, muy crío para su edad. En cambio, a Eloy se le veía más hombre... Y era un poco más alto... Seguro que cuando la viera con el abrigo nuevo, le gustaría mucho... Y seguramente le pediría que se lo dejara probar, porque sin duda calentaba mucho... ¡Y a ella le encantaría dejárselo!

No quería quitárselo, dejarlo en la percha y sentarse en su sitio. Y se entretenía hablando con Carmen Rodríguez sobre si Fulanito jugaba mejor o peor a la pelota que Zutanito, sólo por hacer tiempo y ver si Eloy llegaba de una vez, la veía con el abrigo nuevo puesto, le gustaba, le decía alguna cosa y le pedía que se lo dejara probar para ver si calentaba tanto como parecía... Pero eran ya las nueve y cinco. Dolores se puso en pie y dijo:

—Bueno, callaos y escuchad, que hoy hay que hacer muchas cosas y no vamos a tener tiempo.

Eloy no había llegado y ella aún llevaba el abrigo puesto... Tenía que quitárselo porque, de lo contrario, se le ensuciaría. Se disponía ya a dirigirse hacia la percha cuando entró Eloy. Pero no la miró a ella, sino al Mofletes, y se echó a reír. Nuria sintió que se ponía colorada y le dio una rabia...

CADA DÍA HACÍA MÁS FRÍO.

Brillante pasaba muchas horas acurrucado en el fondo de su caseta. Sus amigos estaban preocupados por él. Sabían que tenían que encontrar una solución para el frío de Brillante. No era cuestión de que ahora cogiera un resfriado y se muriera. A pesar de que le llevaron una manta vieja para taparlo, no estaba suficientemente abrigado por las noches porque daba vueltas y se destapaba.

Aquel sábado por la mañana se reunieron todos en el solar. No había más que una solución para que Brillante no se destapara y estuviera siempre calentito: hacerle un abrigo. Y todos corrieron a sus casas en busca de algo con que hacer un abrigo para su perro. El perro de la carnicería llevaba un abrigo, y si lo llevaba el perro de la carnicería, que era una birria de perro, ¿por qué no iba a llevarlo Brillante, que era el perro más bonito del mundo?

Y volvieron al solar con los utensilios para coser y los retales que habían podido arramblar en sus casas. Tomaron las medidas al perro y empezaron a probarle cosas. Entonces llegó Laura muy contenta trayendo una pieza de ropa de lana de color rojo.

—¡Mirad, mirad! Podríamos ponerle este jersey mío de cuando era pequeña y abrochárselo con los botones. Yo me acuerdo de que calentaba mucho.

—Pero esto sólo le abrigará por delante —dijo Marcos, quitándole el jersey de las manos y extendiéndolo—. ¿Qué le pondremos detrás?

—¡Detrás no tiene frío, hombre! Sólo tenemos que abrigarle la espalda y la tripa —exclamó Isona.

—Vamos, sujetadlo y le pondremos tu jersey —dijo Nuria, y cogió el jersey de Laura.

Se lo pusieron, y después le acortaron las mangas porque le quedaban demasiado largas.

Cortaron, cosieron, probaron, volvieron a cortar, a añadir... Brillante los dejaba hacer; sabía que los niños lo querían mucho y que todo aquello era en bien suyo. Al fin:

—¡Oh, qué guapo estás, Brillante! Pareces un perro de casa rica —dijo el Mofletes—. Sólo te falta un paraguas.

—¡Es verdad! ¡Un paraguas! —gritó Eloy entusiasmado—. ¿Le hacemos uno?

Nuria, que no le había perdonado que no le dijera nada de su abrigo, exclamó:

—¡No dices más que tonterías, Eloy!

—¿Qué es lo que he dicho? —preguntó él enfadado.

—Lo del paraguas.

—¡Pero si ha sido éste el primero que lo ha dicho! —dijo Eloy, sorprendido, señalando al Mofletes.

—¡Da igual! —cortó Nuria secamente—. Marcos que diga lo que quiera, ya le conocemos. Pero tú no deberías decir memeces.

—¡Oye, tú! —intervino Marcos—. ¿Por qué dices que ya me conocéis? —Nuria calló—. No, no, quiero que me lo digas.

—Porque te conocemos de toda la vida, hombre, de toda la vida —dijo Laura intentanto resolver la situación que se había creado.

Isona, que no comprendía por qué los mayores discutían por aquellas bobadas, gritó:

—¡Bueno, ya podemos pasearlo por todo el barrio! ¡Que todo el mundo lo vea con este abriguito rojo tan bonito!

Brillante empezó a ladrar y echó a correr alegremente de un lado para otro del solar como si alguien lo persiguiera. Pero de pronto se sofocó tanto que no sabía qué le pasaba, sintió que se ahogaba y empezó a revolcarse por el suelo. Después se echó en la sombra, helada y húmeda, a descansar.

—¡Aquí no, Brillante! ¡Vas a mojarte! —gritó Isona.

—Ya os he dicho que esa lana calentaba mucho —dijo Laura

SE ACERCABA LA NAVIDAD. El Barça había vuelto a perder. Esta vez en casa y con el Osasuna. Era para desesperarse. El domingo le tocaba jugar en campo contrario con el Real Madrid, que además le llevaba siete puntos de ventaja. Y Manolín, lesionado. ¿No era mala suerte? Había perdido tres partidos seguidos, y si no cambiaban mucho las cosas, no solamente se perdería la Liga —que ya estaba más que perdida—, sino que también se perdería la dignidad, ¡y eso nunca!

Marcos estaba histérico. A la más mínima se peleaba con cualquiera. La que estaba también muy disgustada era Isona, viendo que el Barça no ganaría la Liga. Y eso la ponía enferma. Cada vez que Isona y Marcos se encontraban, ya se sabía cuál iba a ser el tema de conversación: que si el árbitro tal es un vendido, que si los demás equipos juegan sucio, que si Manolín es un santo, que si tal, que si cual... Y a Marcos sólo le faltaba que al otro día Laura le dijera que ella ya había acabado toda la colección de cromos de los jugadores de primera división. ¿Cómo era posible, si quince días atrás a él sólo le faltaban cuatro y a ella más de treinta, y él no tenía el treinta y dos ni el ciento cuatro, que no salían nunca, nunca...? No lo comprendía

—¿Cómo puede ser? —decía enfadado.

—Porque el otro día compré tres sobres y casi todos me salieron buenos y después le cambié a Isabel unos cuantos «repes» por los cuatro que me faltaban.

—Pero ¿y el treinta y dos y el ciento cuatro, que no salen nunca, jamás...?

—A mí me salieron. Y el ciento cuatro me salió repetido.

—¿Lo tienes repetido? —preguntó Marcos con los ojos abiertos por la sorpresa y la esperanza de poder, al fin, conseguirlo.

—Ya no. Se lo cambié a Isabel.

Menos mal que Marcos se distraía con el perro. Cada

mediodía, al salir de la escuela, él, Laura y Nuria pasaban a verlo y a jugar un rato. Brillante ya casi sabía sostenerse solo sobre las patas traseras. Marcos le había hecho repetir aquel ejercicio muchas veces.

Parecía mentira. Antes de encontrar el perro, los días festivos que no iban al campo con sus padres se aburrían en casa viendo la tele. Ahora, por el contrario, siempre tenían cosas que hacer: pintar la caseta de Brillante, recoger tejas viejas para hacerle un techo nuevo, llevarle comida y agua, sacarlo a pasear... Isona, que a pesar de ser la más pequeña era la que más ganas tenía de hacer cosas, había animado a Laura para que la ayudara a hacer lo que ella llamaba «el jardín de Brillante».

Limpiaron de cascotes el rincón donde habían levantado la casa y donde ella ya había plantado unos geranios, y removieron la tierra. Después fueron plantando cosas. Hacía tres días que Isona había plantado una patata y un garbanzo. Laura le dijo que si quería que ella se encargara del jardín, sólo se plantarían flores en él, y si eran olorosas, mejor, pero que de ninguna manera permitiría que Isona montara allí un huerto tercermundista. Y cuando Isona le preguntó qué quería decir «un huerto tercermundista», Laura le contestó que no lo sabía exactamente, pero que debía de ser un huerto como el que Isona pretendía hacer. Al fin llegaron a la conclusión de que cada una cuidaría una parte, o sea que harían un jardín y un huerto... o lo que fuera, porque Isona quería plantar de todo. Y tuvieron que descombrar y remover más tierra...

Y LLEGARON las vacaciones de Navidad. Ahora sí que tendrían tiempo para jugar con Brillante, para acabar de hacerle la caseta y ordenarle el solar. El día de Navidad y al siguiente y al siguiente ¡cuánta comida le llevaron, Dios santo! Desde capón relleno hasta barquillos y turrones. El fin de año lo pasaron las cuatro familias en casa de los padres de Laura, igual que habían hecho el año anterior, y al día siguiente Brillante comió uvas.

Y TAMBIÉN LLEGÓ el día de Reyes.

La madre de Eloy y de Isona se despertó sobresaltada al sentirse zarandeada.

—¡Vamos, mamá, corre, tenemos que ir a ver los regalos! ¡Levántate! —gritaba Isona excitadísima.

La mujer entró sonriendo en el comedor con la bata puesta. Como si ésa fuera la señal convenida, los dos hermanos, que aún iban en pijama, se echaron encima de un montón de paquetes muy bien envueltos que había encima de la mesa.

—¡Carbón, carbón! —gritó Eloy desenvolviendo un primer paquete con golosinas.

—¡Mirad! ¡Es Pimpinela! —gritó la niña enseñando a su madre y a su hermano una de las muñecas que desde hacía tres meses anunciaban por televisión. Y mirando a Eloy, preguntó—: ¿Qué te han dejado a ti?

—¡Mira, unos calcetines gordos y una caja de acuarelas!

—¡Mamá, mamá, mira qué acuarelas tan bonitas le han dejado! —gritó la niña entusiasmada.

—Ya lo sabe, mujer. Si ha sido ella quien lo ha comprado... —dijo el hermano.

—Ya lo sé, pero quiero que lo vea.

—Ya lo veo, ya lo veo —dijo satisfecha la madre—. ¿Os gusta?

—¡Mucho! —exclamaron los dos a un tiempo, y la niña corrió a abrazarla.

—Y aún faltan las cosas que nos ha comprado papá —añadió risueño el niño.

—Por la tarde iremos a verlo —dijo la niña.

—Bueno, ahora voy a lavarme y a vestirme —dijo la madre, y se dirigió contenta hacia el baño.

Cuando los niños se quedaron solos en el comedor recogieron algunos de los papeles que había por el suelo, los envolvieron con una bayeta vieja de la cocina y los ataron bien fuerte con los cordeles de los paquetes de los regalos, formando una pelota. Al terminar su trabajo, sin ni siquiera lavarse porque el baño estaba ocupado, se vistieron precipitadamente y salieron de casa.

La madre, desde la ducha, oyó como gritaban: «¡Adiós, mamá! ¡Volvemos enseguida!». Después, la puerta se cerró de golpe. Sorprendida, salió tras ellos, y desde el rellano pudo oír aún cómo sus hijos decían mientras bajaban la escalera:

—¿Crees que le gustará la pelota? ¿No le tendríamos que haber puesto un lazo, como si fuera un regalo?

—¡No, mujer, a él eso le da igual!

—¿Qué dijo el Mofletes que iba a regalarle?

—Una camiseta suya del Barça que se le ha quedado pequeña.

—¡Cómo vamos a divertirnos! ¿Verdad?

—¡Mucho!

La madre los miraba desde el rellano. Entró de nuevo en el piso. En el comedor había tantos papeles, papelitos y trozos de cordel, que tendría que barrer. Encima de una silla estaba la caja de acuarelas de Eloy. La Pimpinela de Isona la miraba desde una butaca. Las muñecas son ahora tan parecidas a las niñas que incluso producen cierta inquietud. La madre observó la habitación y se sentó. No entendía nada. No conseguía entender nada.

DESPUÉS DE LAS VACACIONES, volvieron a la escuela.

Una tarde, Nuria cogió un poco de arroz y otras sobras de la comida, lo metió todo en una bolsa de plástico y se dirigió hacia el solar de Brillante. Cuando llegó, vio que ya habían apartado la madera que tapaba el agujero de la valla, o sea que alguno de sus amigos estaba ya dentro. Laura no, porque no le había dicho que pensara ir. ¿Sería Eloy? En aquel momento salió el perro, que, al verla, se le echó encima para acariciarla y pedirle mimos... Y tras él, el Mofletes.

—¡Hola! Voy a llevarlo de paseo. Si quieres venir...

Nuria se puso muy seria.

—No, me da igual. Te espero aquí.

—¿Aquí, sola en el solar, tan oscuro y con tanto frío?

Nuria lo pensó mejor.

—Bueno, voy contigo. Pero no me hagas correr, no tengo ganas.

Siempre que sacaban al perro de paseo, lo llevaban a la plaza del Doctor Martí y Julià, una plaza grande, llena de árboles y, casi siempre, de personas que llevaban allí a sus perros. Todos jugaban con Brillante. El perro lucía la correa que aportó Laura para que no cruzara las calles sin mirar y lo aplastara un coche. Los perros, ya se sabe, siempre van a sus cosas sin mirar nunca ni a derecha ni a izquierda. Por eso atropellan tantos.

Cuando llegaron a la plaza, Marcos soltó a Brillante y le lanzó lejos una pelotita de goma para que fuera a buscarla y se la trajera.

—¡Vamos, Brillante, corre, coge la pelota!

El perro, juguetón como siempre, corrió tras ella.

De pronto, salió como una fiera de entre los árboles y las adelfas del jardín un perro lobo enorme y corrió hacia Brillante, dispuesto a morderlo. Éste, cuando vio a aquel perrazo que se le echaba encima, soltó la pelota y huyó gañendo, con el rabo entre las patas. El perro lobo, que era mucho más grande que Brillante, corría más deprisa y pronto lo atrapó. Lo agarró por el lomo y lo tiró por el aire como si fuera un trapo. Brillante chilló de dolor. Nuria también chilló y empezó a gritar corriendo hacia los perros:

—¡Brillante! ¡Brillante!

Marcos sintió que el corazón le golpeaba en el pecho y se asustó tanto que no pudo ni moverse.

El perro lobo mordió una y otra vez a Brillante, el cual gemía como una criatura. Nuria llegó junto a ellos sin saber qué hacer. No podía coger a Brillante porque el otro perro lo revolcaba, lo mordía, lo sujetaba entre sus patas... Nuria empezó a dar gritos. Se dio cuenta de que estaba llorando y gritó aún más. Quería coger a Brillante, pero no se atrevía a acercar sus manos a la boca de aquel perrazo tan fiero y odioso. Al fin, se decidió a tirarle del rabo mientras gritaba:

—¡Suéltalo! ¡Suéltalo!

Llegó Marcos temblando como una hoja y sin saber qué hacer. Buscó un palo, pero no encontró ninguno; quiso coger una piedra, y tampoco había. Y también gritó:

—¡Suéltalo! ¡Suéltalo!

—¡Dog! ¡Quieto, Dog! —un hombre acababa de llegar y sujetaba al perrazo por el collar—. ¡Dog!

La fiera soltó a Brillante y se alejó gruñendo tras el hombre que tiraba de ella.

Nuria y Marcos, llorando los dos, recogieron a Brillante de en medio del barro. Nuria lo cogió y lo abrazó dulcemente.

—Brillante, guapo... ¿Qué te ha hecho ese animal? —decía acariciándolo amorosamente.

Marcos también quería tocarlo, hacerle saber que estaba allí, a su lado, para protegerlo si era preciso.

—Está lleno de babas y tiembla mucho —dijo el chico, que tampoco había dejado de temblar—. No tengas miedo, Brillante, nosotros te defenderemos... De verdad —dijo, y después de mirarlo, exclamó—: ¡Mira, tiene sangre en el lomo y en esta pata! ¡Está herido, Nuria! ¿Qué hacemos?

—Tenemos que llevarlo a casa... No sé... Desinfectarle las heridas... Y ya veremos.

Se llevaron a Brillante en brazos, como si fuera un bebé. Lo subieron a casa de Marcos, que era quien vivía más cerca de allí. Llamaron y abrió la madre con Alberto en brazos. En aquel momento le estaba dando el biberón.

—¡Hola! —dijeron los niños.

—¡Hola! Marcos, ¿qué es eso que traéis? Ya te dije que no quería perros en casa. ¿Me oyes? —pero los niños entraron en el piso con el perro en brazos—. ¡Marcos! ¿Quieres hacer el favor? ¡No quiero perros aquí; Alberto es muy pequeño y...!

—No lo traemos para dejarlo aquí, sólo para desinfectarlo porque está herido —dijo el niño mientras iba al cuarto de baño y abría el botiquín.

—¿Qué le ha pasado? —preguntó la madre.

—Un perro lo ha mordido en una pata, el lomo y una oreja —dijo Nuria confiando en que, con aquellos argumentos, la madre de Marcos cedería.

—¿Qué dices? ¿Lo ha mordido un perro? ¡Dios mío! ¿Y estás jugando con un perro al que han mordido? ¿No os dais cuenta de que puede volverse rabioso?

—Si no estamos jugando, mamá. Sólo queremos curarlo y...

La madre perdió el control y Alberto, con toda aquella historia, se echó a llorar.

—¡Marcos! ¡Hazme caso! Nuria, tú que eres más sensata —dijo la mujer queriendo ganarla para su causa—, haz el favor de coger ese perro y dejarlo en el lugar donde lo habéis encontrado. ¿No comprendéis que es peligrosísimo jugar con un perro rabioso?

—¡Otra vez! ¡Pero si no estamos jugando con él, caramba! —exclamó Marcos, nervioso, con la botella de agua oxigenada en la mano.

Nuria callaba. La madre volvió a la carga. Alberto seguía llorando. Marcos y Nuria se miraron a los ojos sin decir nada. Marcos cogió el agua oxigenada, una venda, unas tiritas y se fue escaleras abajo seguido por Nuria, que continuaba con el perro en brazos. La madre, desde el rellano, seguía diciendo algo.

Al cabo de media hora, todos, Eloy y su hermana, Laura, Nuria y Marcos, estaban en casa de Brillante, como llamaban ellos al solar. Laura había llevado mercromina, y Eloy, pomada de penicilina, algodón y esparadrapo. Como ya era de noche y no se veía, Laura volvió a su casa en busca de una lámpara de gas de *camping*.

Le lavaron las heridas con agua oxigenada y después le pusieron unas gotas de mercromina. Pero no había forma de ponerle un esparadrapo con una gasa y un poco de pomada de penicilina. El esparadrapo no se pegaba sobre el pelo. No lo consiguieron. Sólo pudieron vendarle un poco la pata mordida. Y así y todo, la venda se aflojaba cuando el perro andaba.

Los niños estaban preocupados. No ya porque el perro estuviera herido, pues veían que se lamía las heridas y que estaba tranquilo, sino porque temían que sus padres les ocasionaran más problemas. Laura, pensativa, dijo:

—Mi padre también dice que, si un perro lo ha mordido, no deberíamos jugar con Brillante.

—¡Vaya manía que tienen con lo de jugar! ¡Cualquiera diría que nos pasamos el día jugando! —saltó Marcos.

—Yo no he dicho nada en mi casa —dijo Nuria—. Con el miedo que le dan los perros a mi madre...

—No te preocupes, ya se lo dirá la mía —comentó Laura, convencida.

—¿Por qué tienen miedo de que se vuelva rabioso? ¿Qué quiere decir volverse rabioso? No lo entiendo —preguntó Isona con inocencia.

Su hermano se lo explicó:

—Es una enfermedad que los vuelve como locos y te la contagian si te muerden.

—Pero Brillante no muerde, ni se vuelve loco, ni nada —replicó Isona.

Se produjo un largo silencio mientras todos contemplaban a Brillante, que no paraba de lamerse la pata herida y mal vendada. Al fin, Nuria dijo:

—Supongo que no querréis abandonarlo ahora que está herido, ni dejarlo sin agua ni comida, ¿verdad?

—¡Claro que no! —gritaron todos.

—Entonces, para que nuestros padres se callen, no nos queda más remedio que llevarlo a un veterinario que le ponga una vacuna contra la rabia —dijo Nuria muy decidida.

—¡Sí, sí, vamos a llevarlo! —gritó Isona.

—Eso se dice muy pronto —murmuró Marcos muy serio—. ¿Crees que eso no cuesta dinero? ¿Y qué dinero tenemos nosotros?

—Primero lo llevamos y después ya pagaremos —insistió Isona, que no quería renunciar a la solución del problema.

—Eso no puede ser, Isona —le dijo su hermano—. Esas cosas hay que pagarlas en el acto. ¿No ves que el veterinario no nos conoce de nada?

—Pero podemos explicarle que... Además, podemos intentarlo, ¿no?

Todos quedaron pensativos. Finalmente:

—Sí, claro que sí. No perderemos nada por intentarlo —dijo Nuria lanzando una mirada a su reloj de pulsera—. Son las ocho y diez. Si nos damos prisa, dentro de cinco minutos estamos en el paseo de la Riera. ¿Recordáis que allí hay un veterinario?

—Sí, una vez llevé a mi gato Quico —dijo Laura.

—Vamos. Puede que aún esté abierto.

Isona cogió a Brillante en brazos y se encaminaron todos a casa del veterinario. Todos menos Nuria, porque en su casa cenaban temprano y ella prefirió no llegar tarde para no complicar aún más la situación.

Tuvieron suerte. El veterinario tenía consulta aquel

día y, a pesar de que ya era tarde, los dejó pasar. En la sala de espera había una señora con un loro al que le crecía el pico, una niña con una perrita coja y un señor que llevaba su perro a vacunar.

Las visitas fueron pasando. Y cada vez que el animal que acababa de entrar en la consulta se ponía a chillar, Brillante levantaba las orejas y todos los chicos se encogían.

Al fin se abrió la puerta y un señor con bata blanca preguntó:

—¿A quién le toca ahora?

Laura, Marcos, Eloy e Isona, que llevaba a Brillante en brazos, entraron.

—A ver, a ver, ¿de quién es este perro? —preguntó el hombre.

—Nuestro —dijeron todos a la vez.

—¡Caramba! ¡Pues sí que tiene dueños!

—Pues aún no estamos todos —dijo Laura.

—Y ¿qué le pasa a vuestro perro?

Eloy iba a contar detalladamente lo que había ocurrido, pero Isona se le adelantó diciendo de una tirada:

—Lo ha mordido un perro horrible y le ha hecho mucho daño. No queremos que se vuelva rabioso y lo traemos para que le ponga una inyección.

Eloy la cogió por un brazo para indicarle que le dejara hablar a él, pero ya no era necesario: la niña lo había dicho todo. El veterinario miró atentamente al perro.

—¿Quién le ha puesto esta mercromina?

—Nosotros. Y primero lo hemos desinfectado con agua oxigenada —dijo Laura.

—Habéis hecho muy bien. De todas maneras, le curaremos las heridas.

Se miraron unos a otros y sonrieron. El hombre empezó a preparar polvos secantes, gasas y vendas. Mientras curaba al perro, que estaba muy quieto, el veterinario dijo:

—No tengáis miedo, no se volverá rabioso. Pero tendremos que vacunarlo, eso sí. Porque a este perro no lo habéis vacunado nunca, ¿verdad?

—No, aún no —dijo Eloy lentamente. Después, guardó silencio.

Finalmente, Laura explicó:

—Lo encontramos en la calle, ¿sabe? Y lo recogimos. Lo cuidamos bien, pero no hemos traído dinero para la vacuna.

—Vaya. Pues sí que estamos bien. ¿Es que vuestros padres no tienen dinero para pagar la visita y vacunar a este animal?

Se produjo un corto silencio que Isona rompió:

—Ya se lo pediremos. Pero como era tan urgente vacunarlo, hemos creído que usted lo haría y que ya le pagaríamos después. Puede ser, ¿verdad?

El hombre se quedó de piedra, en silencio. Nadie sabía qué decir ni qué hacer. Al fin, Laura dijo:

—Después de todo, somos clientes. ¿No se acuerda de que hace tres años mi madre y yo le trajimos un gato que se llamaba Quico?

El veterinario la miró con atención y frunció el entrecejo.

—Veo tantos gatos al día que me es muy difícil recordar el tuyo. ¿Dices que se llamaba Quico?

—Sí, era rubio, muy bonito, y tenía diarrea... Usted le dio unas pastillas...

—Quico... —seguía pensando el veterinario en voz baja—. No me suena... ¿Y qué? ¿Se puso bien de la diarrea?

—No. Se murió.

—¿De diarrea? —preguntó el veterinario, sorprendido.

—No. Le pasó un camión por encima —respondió Laura tristemente.

—¡Ah! Lo celebro. Me habías asustado —dijo el hombre poniéndose de pie. Entonces miró al perro, lo miró

Receta

y lo volvió a mirar, se rascó la cabeza y, al fin, exclamó—: He echado el día con vosotros y con esta miseria de perro. Porque esto no es más que una miseria de perro. Venga, sujetadlo fuerte —y cogió la jeringa.

Brillante no veía con buenos ojos todos aquellos preparativos. Hasta que:

—¡Iiiiiiiiii! ¡Iiiiiiiii! —gritó al sentir el pinchazo.

Cuando salieron a la calle iba más cojo que antes, pero sus amigos no cabían en sí de gozo.

ENTRE QUE ERA la primera visita, que hubo que hacerle la ficha, la cura, la vacuna antirrábica que le puso el veterinario y el carné que le hizo con una plaquita metálica, la factura era de dos mil quinientas pesetas y ellos se habían comprometido a pagarlas en el término de quince días. Reuniendo el contenido de todas las huchas llegaron a las quinientas pesetas, casi todas procedentes de la hucha de Marcos, que ahorraba dinero para comprarse un balón de reglamento. Los padres, gruñendo, aportaron seiscientas pesetas más, o sea que les faltaban aún mil cuatrocientas pesetas y no sabían qué hacer para conseguirlas. Y todavía iban a necesitar más dinero, ya que el veterinario les había dicho que era preciso desparasitarlo y vacunarlo todos los años. Si no se lo llevarían los laceros del Ayuntamiento y lo matarían.

Los chicos no comprendían por qué los adultos se complicaban tanto la vida y hacían tan difíciles las cosas más sencillas. Isona, por ser la más pequeña, era la que menos lo entendía. No paraba de murmurar:

—¿A quién molestamos nosotros teniendo a Brillante en el solar? ¿Eh? ¿A quién?

AL DÍA SIGUIENTE, en clase, Nuria y Laura hablaron del tema. Eloy y Manuel, también, y a la hora del recreo se encontraron los cuatro.

—Hemos de conseguir dinero como sea. A ver, ¿a quién se le ocurre algo? —dijo Nuria en un tono tan serio que parecía un hombre de negocios en su despacho.

Y todos empezaron a pensar.

—Podríamos vender periódicos viejos —gritó Marcos de pronto.

—Pero no tenemos tantos periódicos. ¿De dónde los sacaremos? —preguntó Laura—. A mí me da vergüenza ir por las casas pidiendo cosas.

—¡De la escuela! Los demás niños y niñas de la escuela pueden ayudarnos dándonos los periódicos de sus casas —dijo Eloy.

—¡Y tebeos viejos!

—¡Y botellas!

—¡Y muebles!

—¡Y ropa!

—¡Y sellos!

—¡Yo puedo hacer bolsitas de tela, llenarlas de espliego y venderlas! —exclamó Laura.

—Y yo, juguetes con tapones de corcho y venderlos también —dijo Marcos.

—¡Y yo, galletas de un libro de recetas que tiene mi madre y venderlas también! —gritó Nuria.

Y aquellos proyectos les devolvieron la alegría y el entusiasmo. Brillante, que no sabía qué estaba pasando, al ver el alboroto de sus amigos empezó a ladrar como un loco. Y corrió a buscar su muñequito de goma por si había que jugar. Pero nadie le hizo caso. Todos pensaban en duros, negocios, facturas, permisos... Y más alegres que nunca, se fueron a sus casas a cenar y a dormir. Al día siguiente les esperaba un día... ¡Valía más no pensarlo!

LLEGARON a la escuela con tebeos viejos para venderlos o cambiárselos a los compañeros. Nuria llevó un cartucho lleno de galletas que había hecho la noche anterior, hasta muy tarde, según la receta que daba un libro de pasteles y postres que tenían en casa.

Empezaron a correr la voz:

—Cuando salgamos al patio, se venderán tebeos debajo del árbol grande.

Y más voces:

—¿Cuando salgamos al patio, se venderán galletas junto a la fuente.

Y más aún:

—A la hora del recreo se recogerá papel y ropa bajo las ventanas de la cocina.

Y además:

—Próxima venta de juguetes artesanales junto a la escalera.

Y llegó la hora de ir al patio y todos se apresuraron a montar los tenderetes ante la expectación de muchos de los niños y niñas a los que, de pronto, les había entrado una especie de fiebre compradora.

Dolores, su maestra, y Antonia Martí, que aquel año ejercía de directora, se acercaron hablando y riendo, llenas de curiosidad, a los grupos de niños que habían hecho corro alrededor de los puestos, para ver qué miraban y qué hacían.

Cuando descubrieron a Eloy y a Marcos vendiendo tebeos, se enfadaron mucho y les requisaron los tres tebeos que tenían y las quince pesetas que habían ingresado por la venta de uno. Pero cuando de verdad se enfadaron fue cuando vieron a Nuria junto a la fuente, vendiendo galletas azucaradas a cuatro pesetas unidad. Y empezaron a decir que no podían consentir de ninguna manera que la escuela se convirtiera en un mercado negro donde la gente vendiera y comprara todo lo que quisiera, que sólo faltaría eso, que qué diría la gente si lo sabía, y que si patatín y que si patatán... Y también requisaron las galletas. A Laura no le dijeron nada porque, a pesar de que había montado su puesto de trapera, nadie le había llevado nada y pasó inadvertida.

No hace falta decir que ellos explicaron las razones que tenían para querer ganar dinero, pero las maestras les hicieron ver que eso no podían hacerlo en la escuela, porque allí se iba a estudiar, no a hacer negocios. A la salida, Dolores les devolvió los tebeos y las galletas, pero Nuria le dijo que si quería podía comérselas, que ahora ya todo le daba igual.

Entonces, Dolores dijo que lo que podían hacer era comérselas entre todos en clase por la tarde, y que si querían recoger papeles o cosas y venderlas o cambiar tebeos o lo que fuese, que lo hicieran en su solar, pero no en la escuela.

Los niños vieron otra vez el cielo abierto, y cuando se lo explicaron a Isona ésta se imaginó el solar de la calle de Francesc Macià convertido en una especie de mercadillo con puestecitos de toldos llenos de colorines y unos carteles que anunciaban:

ALMACENES CASA BRILLANTE

GRANDES REBAJAS DE ENERO
¡APROVECHEN LA OCASIÓN!

Durante algunos días se vendió de todo en el solar. Y entre el dinero que consiguieron allí y el que los padres les fueron dando, pudieron pagar la vacuna y el carné del perro y aún les quedó un poco para lo que pudiera pasar.

UN DÍA Eloy e Isona fueron en busca de Brillante a su solar y lo llevaron un rato de paseo antes de irse a dormir.

No podían entretenerse mucho porque era ya muy tarde. Sólo darían un par de vueltas por las calles cercanas a su casa y despues volverían al solar.

Iban por calles con poco tráfico. Así podían soltar al perro sin peligro de que lo atropellaran.

Todas las aceras de las calles estaban llenas de coches aparcados. Y si la calle era estrecha, como aquella por la que pasaban, los coches estaban encima de las aceras. No había ni un solo rincón que no estuviera ocupado por un coche. Cada día estaba peor la cuestión del aparcamiento. La gente ya no sabía dónde dejar el vehículo. Menos mal que de noche no ponían multas.

Isona señaló un coche que había a unos doce o trece metros de distancia y dijo:

—Mira, ese coche blanco es el nuestro. Por lo visto, mamá lo ha dejado aquí esta noche.

—Sí —asintió el niño.

En esas que dentro del coche se encendió durante un instante la lucecita interior, como si alguien hubiera abierto la puerta.

—¡Mira! ¡Se ha encendido la luz! Eso quiere decir que mamá está dentro. ¡Corre! ¡Vamos! —gritó la niña, ilusionada.

El niño se extrañó un poco de que la madre cogiera el coche a aquellas horas, pero a lo mejor tenía que ir a alguna reunión...

Los tres corrieron alegremente hacia el coche.

—¡Mamá! ¡Mamá! —gritó la niña abriendo la puerta.

Pero Isona y Eloy se quedaron helados.

Dentro del coche no estaba su madre, sino dos ladrones que querían robar la radio y puede que algo más.

Al verse descubiertos, uno de ellos salió y amenazó a los niños con una navaja. Entretanto, el otro se apresuró a arrancar la radio para llevársela.

Eloy quería echar a correr, pero el ladrón lo agarró por un brazo y le dio una bofetada para que se estuviera quieto y callado.

Cuando Brillante vio que pegaban a los niños, se soltó de un tirón de la correa que Isona sostenía y empezó a ladrar con todas sus fuerzas y a echarse contra los pies de aquel golfo haciendo «grrrrrr», «grrrrrr», con voz ronca, como si fuera una auténtica fiera.

El ladrón, ante el ataque de aquel perro que no conocía, se asustó, y aunque al principio se las daba de valiente, echó a correr como alma que lleva el diablo calle abajo, con el perro lamiéndole los talones como si quisiera comérselo.

El otro ladrón, al verse solo, optó también por abandonar la radio y echar a correr, no fuera caso que aquel perro acabara dándole un disgusto o atrajera la atención de algún transeúnte.

Cuando Brillante volvió, con un palmo de lengua fuera por lo mucho que había corrido detrás de los ladrones, los niños lo llenaron de caricias, en medio de una alegría que poco a poco fue ahogando todo el miedo que habían pasado.

—¿ÉSTE ES EL PERRO que ahuyentó a los ladrones, niña? —preguntaban las vecinas cuando veían pasar a Isona y a Brillante.

Ella y todos los demás se sentían orgullosos de tener un perro tan valiente y, ahora, tan importante.

En la escuela todos les tenían envidia.

—Tomad, esto es para vuestro perro —decía con frecuencia el vecindario.

Y les daban comida, juguetes...

Todo el mundo conocía a Brillante. Todo el mundo lo quería.

Ahora ya subía a casa de todos los chicos del grupo. Y los domingos, unos u otros, siempre lo llevaban de excursión.

Pero continuaba viviendo en su casita del solar, ya

que todo el mundo decía que era el lugar más apropiado para él.

Una tarde de sábado estaba echado en la alfombra nueva del comedor de Laura, mientras ésta, Marcos y Nuria intentaban montar un juego de arquitectura muy divertido.

Los padres de Laura estaban sentados en las butacas del comedor.

El padre tenía un periódico sobre las rodillas, pero ya hacía rato que no leía. La madre hojeaba una revista, y de vez en cuando, por encima de las gafas, echaba una mirada a la película americana de policías buenos, como las que siempre ponían por televisión.

Brillante levantaba de vez en cuando la cabeza y contemplaba todo lo que había a su alrededor: a sus amigos que jugaban, al padre que no leía, a la madre que... y aquella cara cuadrada que proyectaba luces de colores y ruidos, como si fuera una persona, pero que no se entendía y que a él le daba un sueño muy dulce.

Al fin, la madre se levantó y se fue a la cocina. El padre abrió los ojos y la siguió.

Al cabo de un rato, salieron los dos con una bandeja llena de cosas.

—¡A merendar! ¡A merendar todo el mundo! ¿O es que no tenéis hambre?

Brillante levantó las orejas, se puso en pie y empezó a mover el rabo. Con su fino olfato, se daba cuenta de que aquello comenzaba a animarse.

Suponía que habrían pensado en él. Desde hacía algunos días todo el mundo lo trataba como a un rey.

Los niños también se levantaron.

—¡Oh, qué bueno! ¿De qué es esa tarta? —preguntó Laura.

—De nata —contestó la madre.

—¡Viva! —gritaron todos.

—¿Le daremos un poco a Brillante? —propuso Laura.

—No es bueno para los perros: se les estropean las muelas —dijo la madre.

Brillante se dio cuenta de que aquello tomaba mal cariz y gimió.

—Claro, que por un día...

Y le pusieron un plato bien lleno.

SONÓ EL TELÉFONO en casa de Laura. Lo cogió su madre.

—¿Laura? Un momento, ahora se pone... Nena, es para ti.

Laura corrió al teléfono muy extrañada.

—Dígame.

—¡Laura! Soy yo, Nuria. ¡Ven al solar de Brillante! ¿Me oyes? ¡Ven!

La voz de Nuria sonaba angustiada, como si llorase.

Laura se puso pálida como la cera.

—¿Por qué? ¿Qué pasa?

—Brillante no está... Hay unos hombres con unas máquinas. Le han aplastado la caseta... ¡Corre, Laura, ven...!

Laura salió de casa como una exhalación. Su madre, tras ella, murmuraba algo.

Cuando Laura llegó a la calle de Francesc Macià, un ruido muy extraño y muy fuerte le encogió el corazón.

El solar ya no estaba cercado por las vallas de ladrillos; al contrario, estaba abierto y se veía todo desde la calle. Dentro había dos hombres hablando, y una de esas enormes máquinas que llevan una especie de cuchara con grandes dientes estaba cargando todos los cascotes en un camión.

No había ni rastro de la caseta de Brillante, ni tampoco del jardín, ni del huerto. La máquina lo había arrasado todo.

En un rincón estaban Nuria, Eloy e Isona, que la llamó al verla llegar.

Isona tenía en la mano el muñequito de goma de Brillante. Lo había encontrado entre los cascotes.

—¿Y Brillante? ¿Dónde está Brillante? —gritó Laura.

—No lo sabemos. Esta mañana han venido esos hombres y lo han destrozado todo —dijo Eloy con voz débil, muy débil.

—¿Y ellos no lo han visto? —preguntó Laura.

—Dicen que no se han dado cuenta. Que han empezado a trabajar y no han visto nada.

—¿Y qué hacen?

—Van a construir un banco —dijo Isona.

Los niños miraban cómo aquella máquina, que tenía cadenas parecidas a las de un tanque, iba cargando todos los cascotes en el camión.

Llegó Marcos sudando y resoplando como si hubiera corrido mucho.

—No lo han visto. Nadie lo ha visto por la calle.

La máquina giró rápidamente y se dirigió hacia donde ellos estaban.

—¡Niños, marchaos de aquí! —gritó uno de los hombres—. Id al colegio. ¿No veis que podemos haceros daño?

Y viendo que los niños no se movían de allí, callados, llorosos, añadió ya sin gritar:

—No hay ningún perro por aquí. ¿Cómo queréis que os lo diga? Venga, marchaos, no me hagáis enfadar... Si viene, lo retendremos.

La máquina se llevó los restos de la caseta, y cuando los echó en el camión aún pudieron ver una mancha de color entre el polvo: el abriguito rojo de Brillante.

Los niños miraban desde lejos...

SEGUNDA PARTE

AL DÍA SIGUIENTE, bajo los pinos y las moreras de la plaza, que en aquella época del año estaban tan verdes y olían tan bien, se encontraban sentados Nuria, Laura, Eloy e Isona.

—¡Mirad! ¡Ya viene Marcos! —dijo Nuria poniéndose en pie y señalando el extremo de la plaza que daba a la calle de Rec.

Marcos, que también los vio, se apresuró a acercarse a ellos.

—Acabo de pasar por la calle de Francesc Macià —dijo nada más llegar.

—¿Y qué? —preguntaron todos.

—Nada. En un rincón todavía estaba el arroz que le llevé ayer. Ahora hay mucha más gente trabajando.

Se produjo un largo silencio. Nadie sabía qué decir. Al fin, Nuria murmuró en voz baja:

—Le debe de haber ocurrido algo y no puede volver.

—Pues si él no puede volver, nosotros tendríamos que ir a buscarlo —exclamó Isona.

Todos la miraron.

—Ir a buscarlo ¿dónde? —preguntó Marcos.

—No lo sé, donde sea. Ya veis que es inútil esperar —insistió la niña. Y después de unos instantes de silencio añadió—: Tenemos que ir a buscarlo. Quién sabe si tiene hambre y sed, o está herido y nos necesita...

Sus palabras conmovieron a todo el grupo, y habrían salido a buscarlo por las calles en aquel mismo momento de no ser porque Laura, que era muy sensata, los obligó a reflexionar.

—Bien, de acuerdo. Lo buscaremos. Pero no vayamos a la buena de Dios. Tenemos que pensar a qué sitios puede haber ido a parar y organizarnos bien.

—Yo recorrería el barrio otra vez —dijo Eloy.

—Ya hemos estado en todas las tiendas y nadie ha podido decirnos nada —objetó el Mofletes.

—No importa —replicó Nuria—. Yo también opino que hay que volver a intentarlo. Puede que esta vez encontremos a alguien que pueda darnos una pista.

—¡Bien, pues organicémonos! —gritó Isona decidida—. Podríamos dividirnos y preguntar a todo el mundo.

—¡Esperad, esperad! —dijo Laura—. No basta con volver a buscarlo por el barrio. Pensad que eso ya lo hemos hecho y que nadie ha sabido darnos razón. Por tanto, tenemos que buscarlo más allá del barrio, mucho más allá, por toda la ciudad, y quién sabe si más lejos aún...

—¿Y cómo haremos para buscarlo tan lejos? —preguntó Marcos, que no veía las cosas muy claras.

—Pues no lo sé... Avisando a la policía —dijo Laura.

—Y yendo al Ayuntamiento a preguntar si han recogido un perro como el nuestro —propuso Isona.

—O poniendo un anuncio en el periódico —dijo Nuria rápidamente.

—¡Y diciéndolo por la radio! —saltó Eloy con entusiasmo.

Los niños se habían vuelto a animar. Se daban cuenta de que podían hacer muchas cosas antes de darse por vencidos. Muchas, muchas cosas, menos quedarse con los brazos cruzados gimiendo, sentados, tristes, bajo los pinos y las moreras de la plaza que el aire caliente de aquel mediodía hacía temblar como olorosas banderas del buen tiempo.

Y pusieron rápidamente manos a la obra. Cada mediodía y cada tarde, a la salida del colegio y antes de volver a casa, recorrerían todo el barrio y preguntarían en todas las porterías, tiendas, plantas bajas y, en definitiva, a todas las personas que pudieran haber visto a su perro. Se dividirían en dos grupos para buscar mejor. En un grupo irían Eloy, Isona y Marcos, y en el otro, Laura y Nuria, porque eran tan amigas que no querían separarse. El grupo de Eloy, el Mofletes e Isona era el encargado de ir al Ayuntamiento a pedir información sobre cuál era el destino de los perros que encontraban abandonados por las calles. Eso les daba un poco de miedo, porque alguien les había dicho que los mataban porque eran un peligro para los viandantes. Por tanto, había que ir pronto al Ayuntamiento para evitar que hicieran un disparate. El Mofletes se encargó de sacar una buena reproducción de unas fotografías que su padre les había hecho el día que los llevó a la casita de Vallgorguina. Las fotos, en las que Brillante había quedado muy bien, servirían para que la gente pudiera identificarlo. La foto que había en su carné era tan pequeña que apenas si se veía.

Nuria y Laura irían al diario *La Ciudad* a preguntar qué les costaría poner un anuncio diciendo que se había perdido un perro.

Todos tenían trabajo, y el trabajo es el peor enemigo de la tristeza. Por tanto, no era extraño que aquel día sintieran un soplo de aire fresco que los sacudía de arriba abajo, les daba nuevo empuje y nueva alegría.

LA PRIMERA VISITA que hicieron fue, no hace falta decirlo, al Ayuntamiento. Tenían mucha prisa por advertirles que Brillante no era un perro abandonado.

En la puerta del Ayuntamiento había un guardia municipal alto como una torre, fuerte, con un espeso bigote negro, cara severa, erguido y tieso, con las manos a la espalda. Delante del hombretón con aquel bigote, aquella gorra de plato, la chapa brillante que llevaba sobre el pecho y el pistolón que colgaba de su cintura, los niños quedaron un tanto cohibidos. Con lo decididos que estaban antes de acercarse, cuando llegaron junto a él y lo vieron con aquel gesto de perdonavidas no se atrevieron a detenerse y continuaron andando.

—¿Adónde vamos? —preguntó Isona, que instintivamente había seguido a los dos chicos sin comprender por qué no se habían detenido.

—A éste le da vergüenza hablar con el guardia —dijo Eloy señalando al Mofletes.

—¿Yo? ¿Y por qué yo? —exclamó Marcos, indignado—. ¿Por qué no te has parado y le has hablado tú?

—Porque habíamos quedado en que lo harías tú —dijo Eloy sin ninguna convicción.

—¡Te lo estás inventando! No habíamos quedado en nada.

—Pues si no habíamos quedado en nada, ¿por qué tengo que ser precisamente yo quien se lo pregunte? ¿Eh? ¡Anda, contéstame! —dijo Eloy, convencido de haber encontrado una salida airosa.

—¿Y por qué yo? ¿Eh? —replicó el Mofletes en el mismo tono que Eloy.

Y mientras discutían no se dieron cuenta de que Isona había retrocedido hasta la puerta, había hablado con el guardia municipal y ya estaba dentro del Ayuntamiento. Cuando advirtieron que la niña no estaba con ellos se volvieron, pero ya no la vieron por ninguna parte.

—¿Dónde se habrá metido Isona? —dijo su hermano.

—Estaba aquí... —dijo su amigo en voz muy baja.

Y sin decirse nada, los dos miraron hacia la puerta del Ayuntamiento y hacia aquel guardia tan grande que no se acababa nunca, con aquel gesto de arrogancia y de majestad que tanto los había impresionado y que ahora, visto desde allí y de perfil, parecía un Supermán. Eloy y Marcos retrocedieron, y al pasar de nuevo delante del portal, como quien no quiere la cosa, miraron ávidamente hacia el interior. Un amplio vestíbulo, un corredor, unas puertas de cristales y una ancha escalera de mármol fue todo lo que pudieron ver en aquella rápida ojeada. Pero de Isona, ni rastro.

Se detuvieron un poco apartados.

—¿Piensas que se habrá metido dentro? —preguntó Eloy al Mofletes.

—No creo que se haya atrevido —contestó éste—. Eso es más bien cosa nuestra.

Miraron a un lado y a otro de la plaza y por las calles que desembocaban en ella. Nada.

De pronto, oyeron una vocecita muy débil:

—¡Eloy! ¡Marcos! ¡Aquí! ¡En el Ayuntamiento!

Se quedaron helados. La niña los llamaba desde el balcón del Ayuntamiento. Apenas si asomaba la nariz por la barandilla. Tan enana aún y estaba allí, organizando aquel escándalo. ¡Realmente era muy atrevida!

Los dos amigos corrieron hacia allí. De pronto, sus manías se habían evaporado.

«Si ella ha entrado, ¿qué hacemos nosotros como dos bobos en medio de la calle?», pensaron.

Y pasaron como una exhalación junto a aquel pedazo de municipal que estaba de guardia, sin mirarlo. Pero éste, cuando vio que los dos entraban corriendo en el Ayuntamiento y empezaban a subir las escaleras de mármol, dio media vuelta y con voz potente los increpó:

—Y esos señores, ¿adónde van?

Los niños se detuvieron en seco y palidecieron.

—¿Eh? —insistió el guardia.

—Allá arriba, al balcón... Nos ha llamado mi hermana... —se atrevió al fin a decir Eloy con el corazón encogido.

—¿Y por qué no preguntáis, hombre? No es por esa escalera. Tenéis que subir por la que está al fondo, a mano derecha.

Los dos amigos suspiraron profundamente. Aquel

guardia había llegado a aterrorizarlos. Y muy lentamente, como quien no quiere la cosa, se dirigieron hacia la escalera que el guardia les había indicado. Mientras subían —cosa que hacían despacio, muy despacio—, Marcos dijo bajito a Eloy:

—¿Te has fijado en que nos ha llamado señores?

—¡Calla! ¡No seas animal! —contestó Eloy, severo.

Arriba, dentro de uno de los despachos, encontraron a Isona hablando con un señor gordo y calvo que llevaba unas gafas gruesas y una corbata oscura y tenía en las manos una foto pequeña en la que aparecía Brillante. La niña, al ver a los dos chicos, les dijo rápidamente:

—Dice este señor que no han recogido ningún perro como el nuestro.

—Mujer, creo que no. De todas formas, lo comprobaremos.

Se sentó a una mesa, allí cerca, y empezó a llamar por teléfono. Preguntó por alguien, y mientras lo localizaban, se dirigió a los chicos:

—¿También es vuestro ese perro?

—Sí, señor. Y de dos niñas más —contestó el Mofletes.

—¿De dos niñas más? ¡Caramba! ¡Pues sí que tiene dueños! —exclamó el hombre, sorprendido.

Y empezó a hablar por teléfono.

Cuando terminó les dijo:

—Ya me parecía a mí que no. No hemos recogido ningún perro como ése... Ni vivo ni muerto.

Los niños, al oír que tampoco lo habían encontrado muerto, aplastado por un coche, respiraron.

—¿Lleva placa y collar y está dado de alta?

—Lo vacunamos y el veterinario le hizo un carné de identidad y pegó en él una chapita. Pero el carné y la chapa los tenemos en casa. ¿Los necesita? —preguntó la niña.

—No, pero es mejor que los perros lleven la placa en

el collar. No os preocupéis porque, sabiéndolo, si lo encontramos os avisaremos. Podríais acercaros también a la Sociedad Protectora de Animales y Plantas. Allí también recogen a todos los perros que encuentran. Os anotaré la dirección.

Y escribió algo en una tarjeta que, a continuación, Eloy se metió en el bolsillo. Después el hombre tomó nota de la dirección de los chicos y los acompañó hasta la puerta.

Antes de salir al rellano de la escalera, Eloy le preguntó:

—¿Qué hacen con los perros que recogen?

—Hombre, si tienen dueño, y eso lo sabemos si llevan placa, avisamos.

—¿Y si no tienen dueño? —insistió Eloy.

—Pues, si no tienen dueño, los sacrificamos... Pero vosotros no os preocupéis, ya veo que el vuestro no es un perro abandonado. Ésos son los peligrosos. El vuestro tiene cinco amos... ¡Madre mía! Cinco amos... No os inquietéis; si lo encontramos, os avisaremos.

Mientras bajaban la escalera, Isona preguntó a su hermano:

—Eloy, ¿qué ha querido decir con eso de «los sacrificamos»?

—¡Calla, mujer, tú no entiendes nada! —contestó el chico con aire de superioridad.

Y pasaron por delante del municipal gigantón más tiesos que tres palos, como todo aquel que sabe que actúa de acuerdo con la ley y nadie puede echarle nada en cara. Y al cabo de un rato, cuando ya estaban cerca de la placita del Oli y, por tanto, a cuatro pasos de su casa, el Mofletes preguntó a Eloy:

—Oye, tú, ¿qué quiere decir «sacrificar»?

Eloy lo miró de arriba abajo y le soltó:

—¡Tienes cada cosa, Marcos! ¡Venga, hombre, venga, que ya eres demasiado mayor!

Y, sin una palabra más, siguieron andando.

AQUEL DÍA hubo reunión general en la placita. Marcos, Isona y Eloy informaron a las otras niñas de su visita al Ayuntamiento. Por su parte, Nuria y Laura los pusieron al corriente de sus gestiones.

Habían vuelto a visitar las tiendas y plantas bajas a las que ya habían ido otro día y también otras nuevas, muchas, donde preguntaron si sabían algo de Brillante y dejaron el número de teléfono de Laura por si acaso. Y además habían ido al periódico a poner un anuncio para que saliera al día siguiente, diciendo que habían perdido un perro. Les dieron un papel para que redactaran el texto que querían publicar y Nuria se lo llevó a una mesa inclinada y escribió:

«Hemos perdido un perro que se llama Brillante. Es negro, muy bonito, tiene los pies blancos, como si llevara calcetines, no es demasiado alto y es muy peludo. No tengáis miedo, que no muerde. Si lo encontráis, dadle arroz cocido y mucha agua y llamad enseguida al número de teléfono 647 20 08 y preguntad por Laura. Muchas gracias.»

Pero como los anuncios se pagan según el número de palabras que contienen y Nuria había escrito cincuenta y seis, a cuarenta pesetas la palabra la broma ascendía a dos mil doscientas cuarenta pesetas.

Y eso que, tal como les hizo notar la chica que las atendía, habían olvidado decir el día y el lugar donde se había perdido. Nuria y Laura quedaron completamente desmoralizadas. Sólo llevaban quinientas pesetas, que era lo que tenían entre todos. Por tanto, era absolutamente imposible poner el anuncio en el periódico. La chica vio a las niñas tan atribuladas que les pidió que le dejaran redactarlo a ella. Y finalmente quedó así:

«Perdido perro negro, mediano, día 3 de abril, calle Francesc Macià. Tel. 647 20 08.»

Total, once palabras, a cuarenta pesetas cada una: cuatrocientas cuarenta pesetas. Las sesenta pesetas sobrantes se convirtieron en el principio de un fondo común que tendrían que ir engrosando entre todos como pudieran, porque ya se daban cuenta de que para hacer cualquier cosa en esta vida se necesita mucho dinero. Y salieron del periódico contentas y esperanzadas.

COMO TODAS LAS TARDES, en Radio Vallés emitían el programa *Juventud*, cuyo fin era que los chicos tuvieran la oportunidad de llamar por teléfono a la radio para lucirse con alguna breve intervención.

Ya hacía un rato que el programa se estaba emitiendo cuando, una vez más, sonó el teléfono del estudio. El locutor preguntó:

—¿Quién eres? ¿Cómo te llamas?

Desde el otro lado del hilo se oyó una vocecita que decía:

—Hola. Soy yo. Me llamo Isona.

—¿Qué tal, Isona? ¿Cuántos años tienes? —le pregutó la locutora.

—Pronto cumpliré ocho.

—Muy bien, guapa. ¿Y qué nos dices? ¿Quieres contar un chiste o cantarnos una canción?

—No, no quiero hacer ni una cosa ni otra.

—Entonces, ¿qué quieres contarnos?

—Una desgracia,

—¿Una desgracia?

—Sí, una gran desgracia.

—¿Qué es lo que te pasa, bonita? —preguntó la locutora, preocupada.

—Somos un grupo de niños y niñas, muy amigos, y hemos perdido un perro que teníamos y al que le queremos mucho.

—Pues sí que es una gran desgracia, pequeña —dijo Jordi, el locutor—. ¿Y cómo lo habéis perdido?

—Porque están haciendo un banco donde él vivía, y

le hundieron su caseta con una de esas máquinas tan grandes que remueven tierra y él debió de asustarse y huir. Y ahora no sabemos dónde está.

—¿Qué dices? ¿Qué construyen un banco donde él vivía? Pero ¿dónde vivía? —preguntó el locutor, extrañado.

—Lo teníamos en un solar que había en la calle de Francesc Macià, de Pineda del Vallés, y ahora en ese solar están haciendo obras porque quieren hacer un banco.

—¡Vaya, hombre! —exclamó Teresa, la locutora—. ¿Y cuándo lo perdisteis?

—Hace ya una semana. Pero como lo hemos buscado por todo el barrio sin encontrarlo y él no vuelve, hemos pensado que si lo decíamos por la radio puede que alguien nos pudiera ayudar.

—De acuerdo, de acuerdo —dijo Jordi—. ¿Y cómo se llama vuestro perro?

—¡Brillante! —se apresuró a contestar Isona—. Y es muy bonito y no muerde; al contrario, siempre estaba contento y saltaba cuando nos veía llegar, y movía el rabo... Y ahora no sabemos dónde está...

Se produjo un silencio. Después, Jordi, intentando consolar a Isona, dijo:

—Bueno, mujer, no te preocupes. Ya verás cómo lo encontráis. A ver, ¿cómo es tu perro?

—Negro, con los pies blancos, con el pelo largo y muy bonito, así de alto y con las orejas cai...

—¿Cómo dices que es de alto? —interrumpió Teresa.

—Así —insistió la niña indicando la alzada con su mano izquierda, como si pudieran verla desde la emisora—. Ni muy grande ni muy pequeño... Y es muy, muy bueno... Le gustaba mucho jugar con nosotros. Y Marcos le enseñaba a andar sobre las patas de atrás, y a mover las de delante... Era muy gracioso. Y ahora no sabemos si está muerto o si alguien lo ha recogido. Si alguien lo ha recogido, que nos lo devuelva, por favor...

Es nuestro y nosotros lo queremos mucho. Él también debe echarnos de menos porque nos quería mucho. Y si quieren dinero por nuestro Brillante, se lo daremos. Y si lo que quieren es un perro, también les buscaremos uno..., pero Brillante es nuestro.

Los dos locutores, que siempre estaban bromeando, se habían quedado muy serios. Al cabo de un momento, en tono optimista para intentar animar a Isona, Teresa dijo:

—Bueno, mujer. Ya verás como después de decirlo por la radio será mucho más fácil encontrarlo. Sabemos que todos los niños y niñas que están escuchando el programa empezarán a buscarlo desde hoy mismo...

—Repetimos sus señas —interrumpió Jordi yendo a lo práctico—: A ver si alguien nos puede dar información sobre un perro negro, no muy alto, peludo, que se llama Brillante, perdido el día tres de este mes en la calle de Francesc Macià, de la población de Pineda del Vallés. Es eso, ¿verdad?

—Sí —contestó Isona.

—¿Llevaba collar? —preguntó él.

—Sí. Y también llevaba otro para las pulgas.

—Muy bien —continuó el locutor—. Ahora danos tu número de teléfono para que, si alguien lo encuentra, sepa cómo ponerse en contacto contigo.

—Sí. Mi teléfono es el seiscientos cuarenta y siete, ochenta y dos, cero, uno.

—Seis, cuatro, siete, ocho, dos, cero, uno —repitió Jordi muy despacio.

—¡Ah, otra cosa! —exclamó Isona.

—Di, di.

—Si alguien lo encuentra, que no le dé huesos de pollo; no le sientan bien y, además, podrían agujerearle las tripas. Nos lo dijo el veterinario. Que le den arroz cocido con un poco de carne picada y que nos llame enseguida.

A LA SOCIEDAD PROTECTORA de Animales y Plantas quisieron ir todos juntos. Les habían dicho que en aquella institución recogían a los perros abandonados y todos tenían mucho interés en ir a ver si habían encontrado a Brillante.

Aquel señor del Ayuntamiento les había anotado la dirección en una tarjeta y, como estaba lejos, esperaron al sábado por la mañana, que no había colegio. Nuria tuvo incluso problemas con su familia, porque habían destinado aquel día para ir a casa de su tía y querían a toda costa que fuera ella también. Pero la chica se resistió con todas sus fuerzas, ya que no quería perderse la visita a la Sociedad Protectora.

El caso es que aquel sábado, a las diez de la mañana, se reunieron todos en la placita y fueron juntos hasta el autobús que los dejaba más cerca de la Sociedad Protectora de Animales y Plantas.

Bajaron al final del trayecto y tuvieron que andar todavía una media hora.

Ya habían salido de la población. Delante de ellos se recortaba nítidamente en el azul del cielo la silueta de Sant Llorenç de Munt, aquella montaña que les era tan familiar que la veían incluso sin verla. Pero todavía, en medio de la extensión de campos de trigo y de almendros abandonados que la carretera dividía en dos zonas, se levantaban, aquí y allá, monstruosos bloques de pisos que la especulación de los últimos años había hecho crecer más allá de los límites, ya bastante saturados, de la localidad en un intento desesperado de convertirlo todo en ciudad, en bloques, en negocio... En pocos años, la comarca entera había sufrido un gran proceso de transformación y de crecimiento humano, desbordante e incontrolado. Casas, fábricas, bloques y más bloques, barrios enteros, pueblos enteros, ciudades enteras, habían nacido de una tierra polvorienta de trigo, de almendros, de olivares y de pequeñas zonas de pinos y encinas. Y las autopistas habían dividido los campos y habían acercado tanto las ciudades entre sí, que daba la sensación de que todo el país había ido empequeñeciendo de forma progresiva.

En uno de aquellos barrios nuevos situados fuera del área urbana se decidieron a preguntar y les indicaron el camino que los conduciría a «la casa de los perros», como popularmente llamaba la gente a la Sociedad Protectora.

Caminaron por un sendero de tierra durante un buen rato y, después de bajar y volver a subir un barranco, llegaron a una finca rodeada por una tapia muy alta, con una puerta de hierro pintada de verde, tal como les habían indicado.

—¡Es la casa de los perros, seguro! —exclamó Laura.

—Si tuvieran a Brillante... —dijo Isona, nerviosa.

Estaban tan emocionados que echaron a correr, salvando así los últimos metros que los separaban de la puerta de hierro.

Nuria acercó su dedo al timbre que había en el umbral de la puerta, esperó unos segundos conteniendo la respiración ante la expectación de todo el grupo, y lo oprimió fuertemente. Apenas empezó a sonar el timbre, un gran alboroto de impertinentes ladridos rompió en mil pedazos la calma de aquella hora soleada de la mañana primaveral. Los niños se asustaron un poco e, instintivamente, se apartaron de la verja de hierro cuando advirtieron que una manada de perros corría desesperada hacia la puerta, ladrando agresivamente.

Los chicos escuchaban con gran atención aquellos ladridos, intentando descubrir entre tanto griterío la voz de su amigo. Pero no consiguieron reconocerla y, poco a poco, fueron perdiendo aquella primera esperanza. Se miraron unos a otros, como buscando en la mirada del compañero ese aliento que da fuerza y ayuda en los momentos trascendentales.

«Puede que esté aquí, entre todos esos perros, pero sin ladrar», pensaban.

Y se aferraron a la idea de que, cuando alguien abriera la puerta, Brillante se destacaría de toda aquella alborotada jauría y se les echaría encima gañendo de felicidad y lamiendo sus manos, como solía hacer cuando iban a verlo al solar.

Al fin se oyó la voz de un hombre que se acercaba riñendo a los perros, en un inútil intento de hacerlos callar. Llegó junto a la verja, metió la llave en la cerradura y la puerta empezó a abrirse. El corazón de los niños se había ido acelerando y parecía a punto de estallar. Mientras una de las dos puertas de la verja se iba abriendo, una multitud de hociquillos hurgaban para abrirse paso, hasta que les fue posible sacar la cabeza y salir fuera. Los perros salieron rápidos, amenazadores, rodeando a los niños, ladrándoles. Los niños se asustaron al ver toda aquella manada de fieras que se les echaba encima enseñándoles los dientes. Isona, instintivamente, se agarró al brazo de su hermano. Pero un hombre de unos sesenta años, vestido con un mono gris y una gorra vieja, asomó la cabeza diciendo:

—No os asustéis. Ladran mucho, pero sólo quieren jugar —y dirigiéndose a los perros, gritó—: ¡Vamos, adentro, y callaos! ¡No hagáis que me enfade!

Ciertamente, los perros no querían morder a nadie. Lo que pasaba es que defendían la finca de la llegada de intrusos. Cuando alguien llamaba a la puerta, empezaban a ladrar y se excitaban unos a otros hasta acabar organizando aquel indescriptible alboroto. Pero cuando veían que su guardián hablaba con los recién llegados, iban callando y se limitaban a husmearlos y a mover el rabo. Y fue eso lo que hicieron con los cinco niños, que, pasado el primer momento de miedo, se tranquilizaron.

—¡Entrad de una vez! —volvió a gritar el hombre a los siete u ocho perros, que habían salido al abrir la puerta y que ahora corrían entre los niños pidiéndoles caricias.

PERRERA

No, ninguno de aquellos perros era Brillante. Los niños miraban hacia el interior del patio, donde se adivinaba que había más perros.

Quizá entre ellos...

—¿Qué queréis? —preguntó el hombre del mono desde la puerta.

—Hace unos cuantos días perdimos un perro —dijo Laura— y venimos a ver si ustedes lo han recogido.

—Nosotros recogemos muchos perros —dijo el hombre rascándose la cabeza—. ¿Cuánto hace que lo habéis perdido?

—Una semana —intervino Nuria.

—¿Cómo es? —volvió a preguntar el hombre.

—Negro, así de alto...

—Con un collar.

—¡Peludo!

—¡Muy cariñoso!

—Aquí tenemos varios perros negros y peludos... Si queréis verlos... —dijo el hombre invitándolos a entrar.

El corazón les dio un salto. Seguro que uno de aquellos perros negros y peludos sería su Brillante. Y cruzaron la puerta.

Se encontraban en un patio bastante amplio donde había dos enormes acacias, viejas y casi muertas, y un pequeño estanque recubierto con azulejos de Valencia y con un surtidor que, cuando era nuevo, había funcionado y sin duda debió de ser muy bonito, pero ahora era una verdadera ruina, sin agua y casi destrozado. Cerraban el patio la casa, que no era muy grande y aún recordaba su antigua belleza, a pesar de que estaba muy vieja y muy abandonada, y otra pared de ladrillo con una puertecita estrecha. Por el patio había aún ocho perros más. Algunos de ellos, al ver a los niños, se acercaron a ellos moviendo el rabo. No hace falta decir que los niños miraron en todas direcciones para ver si veían a su mascota. Pero nada de nada. Ninguno de aquellos animales era el que buscaban con tanto afán. Los había de todas las razas, de todos los tamaños, de todas las clases y de todos los estilos. La mayoría de ellos no eran de ninguna raza definida, sino de mezclas que recordaban, más o menos, alguna raza. Como ocurría con Brillante.

Los niños, a medida que observaban a los perros que iban saliendo por todos los rincones del patio, se iban desinflando.

—¿Sólo hay éstos? —preguntó Nuria al hombre del mono.

—No; éstos son los que están sueltos, pero aún hay más en las jaulas. Ahora os los enseñaré.

En el corazón de los niños volvió a encenderse una lucecita de esperanza.

El hombre fue hacia la puertecita que había en el muro de ladrillos, seguido por los perros. Los animales estaban contentos con aquel barullo que los distraía un poco de su monótona vida. El guardián levantó la aldaba de la puertecita y pasó al otro lado. Los niños no se hicieron rogar para seguirlo. El patio continuaba al otro lado de la pared de ladrillos. Se abría en él un corredor bastante estrecho. A mano derecha había una hilera de minúsculas jaulas, con puertas de hierro rejadas. Estaban formadas por un recinto cubierto y un patio cuadrado de metro y medio por cada lado. Los niños recorrieron el corredor mirando con detenimiento el interior de cada jaula, donde normalmente había un perro, aunque en algunas de ellas se encontraban dos o tres.

—¿Por qué los tiene encerrados? —preguntó Marcos al guardián.

—Sí, mira: porque hay algunos que muerden a los demás y hay otros que se dejan morder. También hay alguno que está enfermo y otros que están más tranquilos solos. A veces suelto a unos y a veces suelto a otros. Depende.

Cada nueva jaula que miraban era una esperanza que se les desvanecía.

Algunos de los perros, echados en su patio, se incorporaban al ver a los niños y se lanzaban amenazadoramente contra la reja ladrando con insistencia. Pero muchas veces su actitud, aparentemente hostil, se convertía pronto en alegría cuando veían que los niños se agachaban y les decían algo.

Isona andaba deprisa, muy deprisa, delante de todos, deseosa de ver todas las jaulas y comprobar si su Brillante estaba o no en aquella finca. Unos cuantos metros más atrás, el guardián y los demás niños observaban más detenidamente cada jaula. A Isona le bastaba con una ojeada. ¿No era su perro? ¡Pues fuera! Y seguía adelante.

De pronto, se detuvo delante de la reja de una de las últimas jaulas: no se veía ningún perro, parecía vacía. Quizá estaba realmente vacía o, si había algún perro, estaría escondido dentro de la caseta. ¿Cómo podría saberlo? Intentó silbar para hacer salir al perro —si es que realmente estaba dentro, escondido—, pero por mucho que redondeó los labios y sopló, no hubo manera de que le saliera el silbido. No sabía qué le pasaba... ¡Con lo bien que le salía otras veces, y ahora no había forma! Entonces se dio cuenta de que algo oscuro se movía dentro de la caseta.

«Hay un perro —pensó—. Y es negro.»

Empezó a excitarse.

«¿Y si fuera Brillante?»

Se volvió impaciente hacia el resto del grupo, que se había quedado rezagado delante de una jaula donde había dos perros paticortos a los que estaban haciendo caricias y diciéndoles cosas. Isona se impacientaba viendo la calma con que los demás llevaban a cabo la búsqueda. Y Brillante allí, dentro de la caseta... Porque ella tenía la certeza de que allí dentro estaba Brillante. Y los demás no venían... Sus ojos se detuvieron en la aldaba que cerraba la puerta de la jaula. No había más que levantarla y entrar en aquel pequeño patio para comprobar si el perro negro que se adivinaba en el interior era o no el suyo.

¡Seguro que era!

No lo pensó poco ni mucho. Abrió la puerta y entró en el patinillo gritando:

—¡Brillante! ¡Brillante! ¿Sal, hombre, que soy yo!

En el preciso momento en que ella entraba en el pequeño patio, un perro negro, no muy alto, peludo, salió como un rayo del interior de la caseta.

La niña, al verlo, aún tuvo tiempo de gritar «¡Brillante!», convencida de que al fin había encontrado a su amigo.

Pero, inmediatamente, su alegría se hizo pedazos y quedó paralizada por el terror. Aquel perro no era Brillante. Se parecía a él en el color y el tamaño, pero no era él. El animal ladraba ferozmente, como si quisiera destrozarla, y se lanzó encima de ella con violencia. La niña sintió el impacto de sus patas sobre el pecho y cayó hacía atrás, aterrada. Se dio un fuerte golpe contra el suelo y cerró los ojos.

Cuando los abrió, tenía la boca babosa del perro a pocos centímetros de su cara. El animal emitía un sonido profundo, continuo, ronco, que dejó paralizada a la niña. Además, tampoco habría podido moverse, ya que tenía al perro encima, con las patas delanteras apoyadas sobre su pecho. Isona volvió a cerrar los ojos, aterrorizada. No se atrevía ni a respirar y esperaba que de un momento a otro aquellos dientes terribles y amenazadores se hundirían en su cuello, degollándola... Si al menos hubiese podido gritar, llamar al guardián, a su hermano, a sus amigos... Pero no podía. Imposible hacerlo con aquel animal encima, casi ahogándola con su peso. Nadie podía oír tampoco el ronquido del perro, en medio del griterío general de los otros animales encerrados en las jaulas.

Tampoco podían ver a la pequeña desde el corredor, porque estaba echada dentro de la jaula. Nadie la vería hasta que llegaran delante de la puerta...

«Y entonces ya será demasiado tarde...», pensaba ella.

No debía haber abierto la puerta... No debía haber entrado en la jaula... No debía haberse precipitado... Pero ahora ya no tenía remedio... Aquel perro le mordería la garganta y moriría... Y cuando Eloy llegara a casa y les dijera a sus padres que Isona estaba muerta, que la había matado un perro, le echarían la culpa a él por no haberla cuidado como debía hacerlo un hermano mayor... Y su madre lloraría mucho... y acabaría diciendo: «¡Ya decía yo que los perros son peligrosos!». Pero ella ya estaría muerta. Y todo el mundo lo sentiría mucho porque todos la habían querido porque era muy buena... Y...

No se atrevía a abrir los ojos, pero arrugó con asco la nariz: las enormes gotas de baba que iban cayendo de aquella boca amenazadora le mojaban la cara y el cuello. El perro seguía gruñendo, nervioso e irritado, a pocos centímetros de su cara. Y fueron transcurriendo los segundos con una lentitud desesperante. Isona sentía cada vez más miedo, y a cada instante que pasaba iba tomando más conciencia de la gravedad de la situación. «¿Por qué no llegan los demás?», pensaba. Y empezó a cogerles rabia: «Están entreteniéndose, haciendo bobadas a los perros, mientras yo estoy aquí, atenazada bajo las garras de esta fiera... Seguro que Eloy tiene la culpa. Debe de estar jugando con todos esos sucios perros de las jaulas y entreteniendo a todo el mundo... ¡Ese Eloy...! ¡Ya verá cuando le eche las manos encima...!».

—¡Negro! ¡Fuera de ahí! ¿Me oyes?

Oyó aquellos gritos poderosos y un ruido seco, como si alguien le hubiera dado un garrotazo al animal que tenía encima.

—¡Isona! —oyó como gritaban su hermano y Nuria al mismo tiempo.

El perro se resistía, pero al fin dejó de atenazarla y se fue. La niña, aligerada del peso que la oprimía, pudo volver a respirar con libertad. Sintió que unas manos la cogían del suelo precipitadamente y la levantaban como si fuera una pluma. Abrió los ojos. El guardián la tenía en brazos y todos los demás la rodeaban asustados y con los ojos como platos. Marcos, tan gordo y con las cejas levantadas y los ojos desorbitados, parecía un payaso. Isona pensó que de no ser por el dramatismo del momento, le habrían entrado ganas de reír.

Pero se echó a llorar como una Magdalena.

CUANDO SONÓ el teléfono en casa de Nuria, estaban comiendo. La niña corrió hacia la habitación donde tenían el aparato.

—Nuria, ¿eres tú? —gritó una voz desde el otro lado del hilo telefónico.

—Sí.

—¡Hola! Soy Laura.

—Sí, ya lo sé. ¿Qué quieres?

—Me acaban de llamar diciendo que han recogido a Brillante.

—¿A Brillante? —preguntó Nuria saltando de alegría.

—Sí. Dicen que han leído el anuncio que pusimos en el periódico y que la semana pasada recogieron un perro que podría ser Brillante.

—¡Sí, debe de ser él, seguro! —exclamó la niña sin dejar de saltar—. ¿Dónde lo han encontrado?

—En la calle de la Creu del Campell.

—¿Dónde está eso?

—En el barrio de Can Gomà.

—¿Cómo iría a parar tan lejos, pobrecito?

—¡Cualquiera sabe!

—¿Has avisado a los demás?

—No. Tú eres la primera a quien se lo he dicho.

—¡Oh, qué contenta estoy! —dijo Nuria sin acabar de creer en tanta felicidad.

—Ahora llamaré a los demás y esta tarde iremos a buscarlo. Mi madre me ha dicho que de cinco a seis podrá acompañarnos con el coche.

—Laura.

—¿Qué?

—No llames a nadie. Vamos a buscarlo las dos y les daremos una gran sorpresa. ¿Qué te parece? —dijo Nuria entusiasmada.

—¡Sí, sí, será muy divertido! Les diremos que vayan al anochecer a la placita porque tenemos que decirles una cosa muy importante. Y nos presentaremos allí con Brillante.

—¡Sí, sí!

Aquella tarde, en la escuela, las dos niñas tuvieron que hacer un gran esfuerzo para no lanzar a los cuatro vientos que ya habían localizado a Brillante y que a la salida irían a buscarlo a la casa donde lo tenían recogido. Y, sobre todo, tuvieron que morderse los labios para no decírselo a Eloy y al Mofletes. Con Isona no había problema porque no iba a su misma clase. Pero tener durante dos horas a aquel par de pasmarotes delante y no decirles nada fue una auténtica prueba de fuerza de voluntad para las dos chicas. Sobre todo para Nuria, que se estaba muriendo de ganas de contárselo a Eloy, aunque sólo fuera a medias. Le habría gustado hacerse la interesante y que él le rogara que le dijera lo que le ocultaba. Pero les hacía tanta ilusión darles la sorpresa, que consiguieron dominarse.

Por fin, Laura dijo al Mofletes y a Eloy que al anochecer se encontrarían en la placita para hablar de un asunto muy importante. En ese momento, las dos chicas sintieron que el corazón les iba a cien por hora y se pusieron tan coloradas que temieron que ellos sospecharan algo. Y cuando el soso del Mofletes dijo que él no sabía si iría porque ponían un programa en la tele que quería ver, sintieron deseos de hincharle la cara a bofetadas.

Durante toda la tarde, las dos chicas estuvieron mirándose y riéndose a hurtadillas. Ambas compartían el secreto y aquella complicidad les hacía sentirse importantes. No consiguieron estudiar. Apenas si miraron el libro. Dolores, la maestra, hablaba y hablaba... ¿De qué estaría hablando....? Ellas tenían la cabeza demasiado llena de ideas para que les cupiera todo aquello que explicaba la maestra. Era curioso ver cómo la gente mayor daba tanta importancia a cosas que en realidad tenían muy poca, y que, por el contrario, no prestaba atención a otras que tenían muchísima.

Cuando dieron las cinco de la tarde, las dos chicas salieron como una exhalación hacia la casa de Laura. Y estaban tan pesadas que la madre de Laura acabó poniéndose nerviosa.

—¡Niñas, ya está bien! Os he dicho que hasta las seis y cuarto no puedo acompañaros, que aún tengo cosas que hacer. Anda, Laura, id a la cocina y merendad, a ver si os calmáis un poco. Y procurad no romper nada ¡Me dais más miedo que un...!

La madre conducía el coche y las dos niñas iban en la parte trasera jugando y alborotando. No atendían a nada, pero cuando la madre les dijo: «Es ahí, en ese portal», pararon en seco con sus bromas y sintieron que el corazón saltaba dentro de sus pechos.

Era una de esas casas antiguas, de planta baja y un piso, como muchas que había aún en ese barrio, con un jardincito minúsculo a la entrada, un laurel bastante alto y un montón de rosales trepadores que cubrían la verja de hojas, de flores y de aromas.

La madre oprimió el timbre. Las niñas se acercaron a la verja para mirar por todos los rincones de aquel minijardín. Pronto lo hubieron examinado todo. Entonces sus ojos se fijaron en la puerta de la casa. No abrían. Pasaban los segundos. La madre volvió a llamar. Al fin, la puerta se abrió. Pero no, no salió ningún perro. Sólo una mujer con gafas que, a pesar de no parecer muy mayor, tenía los cabellos completamente blancos. Vestía una bata de color verde.

—Sí —dijo.

—Hola. Buenas tardes. Somos las del perro. Venimos a recogerlo —dijo la madre de Laura.

—¡Ah, el perro, es verdad! —exclamó la mujer bajando el escalón de la puerta y yendo a abrir la verja—. ¿Hacía mucho que llamaban? —preguntó.

—No. Sólo hemos llamados dos veces —contestó la madre.

—Es que tenemos un taller. Y desde dentro, con el ruido de las maquinas, no se oye muy bien el timbre —dijo como para justificarse. Después adoptó un aire un tanto trágico—. Pasen, pasen. ¡Ay, Dios mío! Eso del perro va a ser un problema. Un gran problema.

Aquellas últimas palabras sorprendieron a las tres. Laura miró a su madre a los ojos fijamente, como diciéndole: «Pregúntale por qué será un problema». La madre la entendió perfectamente.

—¿Por qué dice que va a ser un problema?

—Por mi nieto. Se ha encariñado con el perro. Hace ya días que lo tenemos... Veremos qué cara pondrá cuando se lo lleven.

Habían entrado en la casa. Un pequeño vestíbulo con plantas de interior: aralias, sansevieras... Una consola antigua con un reloj y muchas figurillas de porcelana, dos banquetas tapizadas y gran cantidad de cuadros y cuadritos por todas las paredes. El sol penetraba a través de unas cristaleras de colores que había en el fondo y las baldosas quedaban iluminadas de azul, amarillo y rojo.

—Pasen, pasen y siéntense —dijo la señora de los cabellos blancos. Y salió.

Habían entrado en un cuarto de estar que daba al vestíbulo y se acomodaron en unos sillones de esos que se hunden al sentarse. Las paredes también estaban llenas de pinturas y dibujos. Todo estaba ordenado y decorado según un estilo de hacía más de cincuenta años. Las niñas estaban muy nerviosas. Fueron pasando los minutos. Se oyó fuera el sonido de un cascabel y la voz de la señora de los cabellos blancos:

—Vamos, Miguel, este perro no es nuestro y tenemos que devolvérselo a las niñas que han venido a buscarlo. Anda, quiero que se lo devuelvas tú —hubo un silencio—. Miguel, ¿quieres que me enfade? Vamos, tenemos que devolver el perro. La yaya te comprará uno, pero éste tenemos que devolverlo.

Se oyó a un niño pequeño que se echaba a llorar.

—Yo quiero éste —decía entre sollozos.

Laura y Nuria estaban inquietas. Era evidente que les iban a devolver el perro; pero, a pesar de todo, no veían muy claro aquel asunto. Quién sabe si al final no pasaría alguna desgracia y no conseguirían recuperar a Brillante. Se miraron como para darse ánimos mutuamente.

—Venga, Miguel, ¿a qué estás esperando? —insistía la voz de la señora.

El niño no dejaba de llorar.

Nuria y Laura comprendían muy bien lo que debía de sentir aquella criatura al tener que separarse de un perro tan bonito y cariñoso como Brillante, al que ya consideraba como suyo. Incluso le había puesto un cascabel...

Y las dos pensaron, sin decírselo, que volverían a ir a la Sociedad Protectora y recogerían un perro que fuera simpático para regalárselo a aquel niño. Se lo regalarían bien limpio y peinado, con un gran lazo rojo en el cuello para que estuviera muy guapo... Pero, claro, Brillante no, porque Brillante era suyo.

La señora de los cabellos blancos apareció en la puerta del cuarto

—Ya viene. Está muy triste porque quiere mucho al perro. Hace ya diez días que lo tenemos con nosotros... Rondaba por aquí y el niño le dio de comer, y ya no pudimos separarlos. Es tan cariñoso...

¡Ellas sabían muy bien todo lo cariñoso que era...!, pensaron las dos niñas.

También lo habían encontrado abandonado y también le habían dado agua y comida y lo habían lavado y cepillado. Le habían comprado un muñeco de goma y le habían hecho una caseta, un abriguito y una pelota de trapo y... Tantas y tantas cosas les unían al perro... Cosas que también habían estrechado los lazos que había entre ellos...

Cuando le mordió aquel perro lobo y tuvieron que llevarlo al veterinario...

Cuando recogieron dinero para pagarle la vacuna...

Cuando ahuyentó a los ladrones...

El día que fue a esperarlos a la salida del colegio...

Cuando el Mofletes le enseñó a caminar sobre las patas traseras....

Cada cosa, cada detalle, cada hecho había ido uniéndolos estrechamente a Brillante, con unos lazos invisibles que sólo ellos podían percibir y que sabían indestructibles, ya para siempre indestructibles. Porque Brillante, aunque los mayores no pudieran entenderlo, había transformado su vida de niños y le había dado una nueva dimensión. Desde que tenían el perro habían dejado de ser niños aburridos que pasan horas y horas encerrados en casa, pegados a la televisión, sin correr, sin saltar, sin reír, sin jugar...

Desde que tenían a Brillante habían vuelto a bajar a la calle para correr de un lado a otro, persiguiéndose, o ir de paseo.

Y habían aprendido infinidad de cosas, cosas que nadie les había enseñado nunca, cosas que no se aprenden en la escuela...

Habían aprendido a limpiar el solar, a trabajar de albañiles, de carpinteros, de jardineros, de sastres, de enfermeros, de domadores... Habían aprendido a espabilarse, a ganar dinero vendiendo cosas, a cambiarlas, a buscarlas. Habían aprendido a organizarse y a asumir un sentido de la responsabilidad que hasta aquel momento desconocían, porque Brillante los necesitaba, dependía de ellos en buena medida. Y eso hacía que se sintieran importantes.

Ellos, que eran hijos de sus padres, se habían convertido un poco en padres de Brillante.

Cuando le hacían la comida, cuando se la daban, cuando le curaban las heridas o cuando se dormía y ellos lo tapaban con su manta...

Brillante, además, les había dado un sentido de grupo, de solidaridad, de compañerismo que antes no habían experimentado nunca. Nuria, Laura, Isona, Marcos y Eloy tenían ahora algo común que defender, que proteger, que hacer. Y eso les había unido más que nunca y había hecho que se necesitaran, que se ayudaran y que se quisieran más que antes, mucho más que antes... ¡Y eso que ya hacía muchos años que se conocían...!

También habían aprendido que, en muchas cosas, podían confiar en los adultos menos de lo que ellos creen, porque los adultos están siempre atareados y sólo piensan en comprar cosas y no entienden, no pueden entender, que las cosas más importantes se encuentran en la calle.

—Anda, ven, Miguel. Devuelve el perro y la yaya te comprará otro —volvió a decir la señora.

Y de nuevo se oyó el sonido del cascabel, mezclado con el ruido de unos pasos que se acercaban y de un niño que contenía el llanto y sorbía mocos. Llegaron a la puerta del cuarto de estar. El pequeño debía de tener unos cuatro años. Era rubio, guapo, pero su cara estaba sucia de lágrimas que, además, se había frotado con las manos sucias. Llevaba en brazos un perro negro, de pelo fino y rizado y orejas tan anchas, caídas y peludas que cuando miraba de frente parecía uno de aquellos reyes antiguos que llevaban largas y rizadas pelucas.

El niño llevó el perro hasta el centro de la sala, lo dejó en el suelo y echó a correr agarrándose a las faldas de su abuela.

Laura y Nuria se quedaron heladas.

Aquel perro eran un cocker negro, precioso, jovencito, y debía de valer una fortuna. Pero no era Brillante. No era su Brillante. Se quedaron tan sorprendidas que no sabían qué hacer ni qué decir. Sólo contemplaban el perro con la boca abierta y una mirada en la que se mezclaban la sorpresa y la decepción. El perro, al verse solo, se sacudió con fuerza durante unos instantes, miró a las chicas, a la madre y, finalmente, corrió hacia donde estaba Miguel.

La madre de Laura se levantó del sillón diciendo:

—No es el nuestro.

—¿No? —preguntó la señora de la casa—. Pero es negro como el suyo...

—Sí —dijo la madre—, es del mismo color y, más o menos, del mismo tamaño, pero no es el nuestro. ¡Qué le vamos a hacer!

—Vaya —dijo la señora—. Lo siento por las niñas, que ya se habían hecho la ilusión de haberlo encontrado, y lo celebro por mi nieto, que ya se ha acostumbrado a él.

Miguel volvió a coger el perro en brazos y echó a correr, a pesar de que apenas podía con aquel peso.

De vuelta a casa, sólo habló la madre. Y estaba claro que lo hacía para animar a las niñas. Ellas no dijeron ni una sola palabra en todo el trayecto. Sólo cuando el coche se detuvo delante del portal donde vivía Nuria y ésta bajó, Laura dijo:

—Marcos, Isona y Eloy nos esperan en la placita. ¿Quién va a avisarlos?

—Ve tú. Yo prefiero no ir —contestó Nuria.

Y echó a correr escaleras arriba.

TERCERA PARTE

¿QUÉ HABÍA SIDO de Brillante desde el día en que se perdió?

Aquella mañana, muy temprano, el perro salió de su caseta al oír que alguien, desde la calle, golpeaba fuertemente la tapia que rodeaba el solar. Cuando se dirigía hacia el lugar de donde venían los golpes, cayó al suelo un trozo de tapia. Hizo un gran estrépito y levantó una enorme polvareda. Brillante tuvo que apartarse para que no le cayeran encima los ladrillos. Corrió hacia un rincón de su solar y empezó a ladrar asustado.

Se veía la calle, y a dos hombres que con sus picos continuaban golpeando y derribando la vieja tapia. Cada vez se veía más calle, más casas, más coches pasando y más gente...

Brillante no sabía qué estaba ocurriendo ni qué debía hacer. Dejó de ladrar.

Entraron cuatro hombres en el solar y empezaron a andar por encima de los escombros y a hablar entre ellos. Al cabo de un rato volvieron a salir. Entonces se oyó un ruido muy fuerte, como si el motor de un camión enorme se pusiera en marcha. Y una máquina extraña, gigantesca, de color amarillo, con cadenas de hierro en lugar de ruedas y, delante, un brazo articulado que se movía hacia adelante y hacia atrás, hacia arriba y hacia abajo, y que acababa en una especie de cuchara gigante provista de unas púas de hierro parecidas a dientes, entró pesadamente en el solar.

Brillante se apartó de nuevo y volvió a ladrar, pero

sus ladridos quedaron ahogados por el ruido infernal de la máquina con dientes, que empezó a cargar con su pala cucharadas enormes de escombros. Cuando la pala ya estaba llena de piedras, la máquina giraba y la vaciaba en un camión que estaba a la entrada del solar. En una de aquellas maniobras de avanzar, girar y recular para amontonar los cascotes, cargarlos y descargarlos, una de las cadenas trituró la caseta de Brillante y ésta quedó convertida en escombros, como todo lo que había en el solar.

Brillante echó a correr con el rabo entre las patas. Allí no había ningún rincón seguro. Todo el solar estaba lleno de las señales que las cadenas de la máquina iban dejando en el suelo.

Salió a la calle asustado.

Pero la calle era también muy peligrosa debido a los coches que pasaban continuamente. Así y todo, el perro cruzó la calzada y, desde la acera de enfrente, observó el cambio que se había producido en aquel espacio donde hasta entonces había vivido tan tranquilo. Olor a gasóleo, ruido de motores, de hierros, de piedras golpeando sin parar...

Y, sin darse cuenta, empezó a acercarse de nuevo...

En aquel instante, oyó el ruido estridente de un frenazo muy fuerte y una camioneta se le echó encima. Brillante no tuvo tiempo de huir, sólo de agacharse, y la camioneta le pasó por encima. Sintió un golpe terrible en la cabeza y en la espalda y vio cómo las ruedas pasaban a ambos lados de su cuerpo sin tocarlo. Después de que la camioneta le pasara por encima, un segundo coche frenó a dos palmos de distancia y el conductor empezó a abroncarlo y a tocar la bocina.

Brillante, lleno de magulladuras, se levantó del suelo y echó a correr aterrado, con el corazón a cien por hora, sin saber adónde iba. Sólo sabía que tenía que huir, huir, huir...

Corrió por entre los coches y los transeúntes, por pla-

zas y calles, hasta que el mismo cansancio lo fue calmando. Entonces se detuvo y empezó a lamerse la herida que la camioneta le había hecho en el lomo. Miró a su alrededor. No sabía dónde estaba. Era una calle con casas, gente y coches, como todas las demás. Pensó que podría ir a la escuela, a esperar la salida de los niños, pero no sabía cómo ir. Estaba completamente desorientado. La máquina excavadora, el golpe de la camioneta, su huida enloquecida..., todo había contribuido a alejarlo del mundo que conocía y le servía de referencia.

Ahora tendría que empezar a buscar, a través del tráfico de las calles y de los muchos peligros que había, alguna señal, algún recuerdo, algún lugar conocido que pudiera orientarlo y ayudarlo a encontrar la escuela de los niños.

HABÍA EMPEZADO a oscurecer y Brillante ni siquiera sabía el tiempo que hacía que andaba perdido. Los faroles se iban encendiendo. La herida le despertaba una sed terrible, pero no encontraba agua por ninguna parte. Sólo casas y más casas, gente y más gente que pasaba con indiferencia. Y los coches, que también empezaban a encender sus luces, no paraban de producir mal olor y ruido.

Llegó a una especie de explanada muy distinta de los lugares por donde había pasado hasta entonces. Había allí muchas casitas, muy pequeñas, alineadas. Algunas estaban hechas de ladrillos, pero había otras que sólo estaban construidas con maderas, uralita y materiales de derribo. Delante de aquellas barracas había algunos coches aparcados, y también varios carros, y atados a un palo, algunos caballos, un burro y una cabra que pastaban la escasa hierba que crecía en la explanada.

Había varios corros de personas con muchos niños, reunidos alrededor de pequeñas fogatas donde preparaban la cena. Hablaban, reían y cantaban alegremente.

Se encontraba en un campamento de gitanos. Él, naturalmente, no lo sabía. Sólo sabía que tenía hambre y sed, mucha sed. Se acercó despacio al primer corro de gente. El olor del humo, mezclado con el de la comida, lo atraía irresistiblemente. Se detuvo a una distancia prudente. A medida que se iba esfumando la luz del día, la luz de aquellas hogueras crecía más y más, hasta convertirse en un estallido luminoso que atraía con avidez la mirada.

En el horizonte aún quedaba un rastro de luz morada y el cielo iba llenándose de estrellas cada vez más brillantes.

Los gitanos seguían riendo y gritando.

Brillante se decidió y avanzó hacia la primera fogata con la intención de pedir agua y comida. Se encontraba ya a unos cuatro metros del primer grupo de personas cuando un perro, a su derecha, empezó a abroncarlo con unos ladridos roncos y amenazadores. Inmediatamente, todos los perros del campamento, unos seis o siete, comenzaron a ladrar y a correr agresivos hacia donde estaba Brillante. Éste, atemorizado, retrocedió con el rabo entre las patas.

Los gitanos se volvieron para mirar de dónde venían los ladridos, pero no hicieron caso y regresaron a sus cosas.

Brillante lo observaba todo desde lejos. No se atrevía a acercarse a causa de la actitud amenazadora de los perros del campamento. Alrededor de la primera fogata debía de haber una diez personas, entre mayores y pequeños. Una mujer vieja, muy gorda, con los cabellos grises recogidos hacia atrás y que llevaba, como las demás mujeres del campamento, una falda larga y un delantal encima, empezó a remover la olla que había en la lumbre. El aire se impregnó con el olor del guiso y Brillante sintió más fuerte aún la molestia del hambre. Su instinto le decía que aquella gente no se lo comería todo, que algo dejarían, aunque sólo fueran los huesos y las sobras de los platos. Serían los perros los que seguramente le impedirían probar bocado.

«En fin..., hay que esperar...», pensó.

Dio una vuelta de inspección por las demás hogueras. En todas ellas estaban preparando la cena entre conversaciones y risas. Los perros del campamento esperaban cerca de las hogueras. Él también esperaba, más lejos, lamiéndose la herida de vez en cuando.

Al fin, los gitanos cenaron. Luego, primero uno y después otro, empezaron a cantar y a tocar la guitarra. Unas niñas pequeñas se pusieron a bailar mientras los demás daban palmas de forma acompasada.

«Pronto... —pensaba Brillante—, pronto tirarán lo que les ha sobrado, y entonces...»

Pasó todavía un buen rato antes de que los gitanos acabaran su improvisada fiesta; pero, finalmente, los cantos y las palmas se fueron extinguiendo. Sólo una guitarra continuaba tocando en la noche, entre las hogueras de aquel minúsculo pueblo de gitanos. Después, poco a poco, los corros de gente se fueron deshaciendo y muchos de sus componentes empezaron a entrar en las barracas.

De pronto, se oyó el ruido de una cuchara rebañando un plato y todos los perros se precipitaron en pos del alimento tan alegremente esperado. Brillante, que también había levantado las orejas y se había incorporado, avanzó hacia el lugar donde los otros perros ladraban, saltaban y se peleaban por conseguir lo que la gitana iba tirando. Al cabo de poco rato, todos los platos del campamento estaban vacíos, y las sobras, arrojadas a un pequeño terraplén que había frente a las casitas. Ahora les tocaba comer a los perros.

Brillante también olisqueó, removió y hurgó entre los

restos echados al terraplén, procurando no acercarse demasiado a un perro negro, muy hosco, que cada vez que lo veía le ladraba amenazador.

Y al fin pudo beber agua de un cubo que habían puesto donde estaban atados los caballos y la cabra. Parecía que los otros perros ya no reparaban en él. Así que decidió dormir en aquella explanada, con la idea de seguir al día siguiente, muy temprano, la búsqueda de los niños. Las llamas y la guitarra, primero, y más tarde la luna y el rescoldo, velaron su sueño.

Brillante abrió los ojos. Había oído un ruido extraño cerca de él.

Quedó soprendido. A cuatro palmos de distancia, un gallo y cuatro gallinas escarbaban la tierra y picoteaban todo lo que encontraban, tanto si era comestible como si no. Él no había visto nunca animales de aquella especie. Pero se tranquilizó enseguida porque pronto se dio cuenta de que aquellos extraños bichos, con sus crestas, sus picos y sus plumas de colores, eran totalmente inofensivos y tampoco le tenían miedo a él. Se incorporó. Las heridas de la cabeza y el lomo le dolían más que el día anterior.

Estaba amaneciendo y el sol no era más que una bola roja que apenas si había abandonado el lecho del horizonte para empezar a caminar por el cielo. Brillante miró largamente aquella extraña explanada, tan diferente del resto de la ciudad, empedrada y cruzada continuamente por coches y más coches. La explanada era muy parecida a su solar: también estaba llena de escombros, y también crecían en ella hierbas y flores. La única diferencia es que en ésta había gallinas y pastaban dos caballos, un burro y una cabra... Y también vivía gente en pequeñas casitas, tan pequeñas en proporción como la que él tenía en el solar. ¡La máquina! Le acudió al pensamiento aquella extraña máquina que había entrado en su solar destrozándolo todo y lo había obligado a huir... Y aquella camioneta que le había pasado por encima... Y los niños que debían de estar buscándolo... Tenía que volver al solar, o quizá sería mejor ir a la escuela. Tenía que encontrar a los niños como fuera.

En aquel momento, de una de las barracas más pequeñas empezó a salir gente. Un hombre joven, más bien gordo, con los cabellos negros, largos, ondulados y una camisa de colorines, y una mujer con un gran vientre, también con el delantal encima de la falda, y un niño y otro y otro más, y otra mujer, y un hombre viejo que llevaba sombrero. Parecía mentira que toda aquella gente hubiera podido pasar la noche en una casa tan pequeña.

Brillante ya se iba cuando uno de los niños que había salido de la barraca lo vio y corrió hacia él. El niño debía de tener unos seis años e iba desnudo, completamente desnudo, y descalzo, a pesar de los cristales y los hierros que había esparcidos por el suelo de aquel enorme solar. Llevaba la cara sucia y los cabellos crespos, como si nunca se hubiera peinado, y se estaba comiendo un trozo de pan que echó a Brillante cuando estuvo cerca de él. El perro se detuvo y, a pesar de que no le apetecía demasiado aquel pan, se lo comió.

Entonces el niño cogió a Brillante por el collar y lo arrastró. El animal se dejó llevar pensando en irse tan pronto como lo soltara, pero el niño cogió un trozo de cuerda del suelo y lo ató a una de las maderas que sostenían la barraca. Después entró en la vivienda y sacó más pan. Pero Brillante no se lo comió. Estaba intranquilo. No se encontraba a gusto atado. Quería irse, buscar a los niños. Pero estaba atado y no tenía más remedio que esperar.

El hombre de los cabellos ondulados fue a buscar uno de los caballos que pastaban la poca hierba que había entre las piedras, lo llevó hasta uno de los carros y le puso todos los arreos, incluso un collar lleno de cascabeles que sonaban alegremente al más mínimo mo-

vimiento del animal. Entretanto, las dos mujeres y el viejo iban sacando cosas de la barraca y cargándolas en el carro: ropa, botes, un colchón... Los dos niños mayores jugaban con la cabra, pero el más pequeño no se movía del lado de Brillante, al que por todos lo medios quería hacer comer el pan. El perro gañía de impaciencia: estaba deseando irse.

De las otras barracas empezaron a salir más personas, que se acercaban a la familia para echarle una mano en sus preparativos de marcha. Pronto la barraquita de madera estuvo desmontada, y todo lo que tenían que llevarse, cargado en el carro. Entonces el niño pequeño ató el extremo de la cuerda que sujetaba a Brillante a la parte posterior del carro. La mujer joven cogió al niño y le puso un jersey y unos pantalones viejos. Luego empezó a gruñir mirando a Brillante, pero el niño le dijo algo. Entonces se acercaron los niños mayores, miraron al perro y comenzaron a hablar. Finalmente se aproximaron el hombre joven, el viejo y la otra mujer, observaron al perro y también dieron su opinión.

El hombre joven examinó a Brillante y, cuando vio sus heridas en la cabeza y en la espalda, dijo que era mejor llevarse otro perro y no aquél, que estaba herido. Pero el niño pequeño dijo que no, que tenía que ser aquél porque era el más bonito. Y así quedó la cosa. Brillante estaba cada vez más nervioso porque empezaba a adivinar cómo acabaría todo aquello.

Entonces, los que iban a marcharse dieron besos y abrazos a los demás, y todo el mundo les decía cosas. Al fin, subieron al carro. ¿Siete personas en un carro tan pequeño y cargado? Pues sí, subieron. Y los de abajo venga a decirles cosas y a reír. Y los de arriba también. Y Brillante, atado.

El hombre joven lanzó un grito y el carro traqueteó. Las ruedas empezaron a girar y el carro se fue separando de Brillante; pero, inmediatamente, la cuerda se puso tensa y el perro notó el tirón y se dio cuenta de que no le quedaba más remedio que caminar, caminar, caminar... Atrás quedaban unos niños desnudos y unos perros que los siguieron durante un trecho, corriendo detrás de la carreta, y, cada vez más lejos, un grupo de gente de piel oscura y trajes de colores, alegres, sonrientes, que agitaban las manos delante de aquellas casitas blancas, tan pequeñas que parecían la que él tuvo en el solar.

Cruzaron calles y más calles. Al fin, se acabaron las casas y aparecieron los campos a los lados de la carretera. Ésta empezó a subir, haciendo curvas, por una montaña.

Brillante se volvió una vez más y vio allá abajo, entre el humo de las chimeneas, una extensión de casas que lo cubría todo. Y en algún lugar de aquel complicadísimo laberinto de calles y callejones que acababan de cruzar estaban su solar, la escuela, la placita y las casas donde vivían Nuria, Isona, Eloy, Laura y el Mofletes..., los amigos a los que tanto quería y que, sin duda, en aquellos momentos lo estarían buscando con el corazón encogido y una tristeza cada vez más profunda.

Las ruedas del carro continuaron girando y la cuerda le dio un nuevo tirón. Finalmente, un recodo de la carretera se tragó definitivamente el único mundo que conocía. Delante de él, todo era ya nuevo. Un nuevo mundo que se abría con el tintineo de los cascabeles y el crujir de las maderas...

LLEVABAN YA dos días caminando, siguiendo siempre aquella raya gris que no se acababa nunca y que partía en dos los bosques, los campos, los pueblos... Dos días caminando a paso de tartana, mientras los coches y los camiones los adelantaban rápidos o se acurrucaban pacientemente detrás de la carreta cuando, por algún motivo, no podían hacerlo.

El «pío-pío» de los pájaros anunciaba que el atardecer no estaba lejos y que, por tanto, había que buscar un lugar donde dormir.

De pronto, Brillante se dio cuenta de que había dejado de pisar el asfalto fino y monótono de la carretera y que empezaba a sentir bajo sus pies tierra y piedras: se habían desviado por un camino de carros. Al cabo de un rato, incluso la tierra desapareció y caminaron por encima de la hierba. Pocos metros más allá, se oyó un «¡sooo!» con el que el hombre joven ordenaba al caballo que se detuviera y, efectivamente, las ruedas dejaron de girar.

Brillante se echó debajo del carro, entre margaritas y rabanizas. Estaba cansado, realmente cansado, y la espalda aún le dolía.

Todos saltaron del carro y los niños empezaron a correr y a perseguirse por el prado. La mujer más joven cogió un cubo y se metió entre unos árboles que había en la parte baja del prado. Unos álamos y tamariscos indicaban que había un hilo de agua corriendo a sus pies. Entretanto, los demás adultos descargaban la carreta y cubrían sus costados con plásticos y maderas. La mujer que había ido en busca de agua volvió de mal humor y con el cubo vacío. El hombre joven le preguntó si no bajaba agua por el arroyo y ella dijo que sí, pero que estaba completamente podrida, que había dos dedos de espuma y olía muy mal. Incluso las plantas de las orillas estaban muertas. Y empezó a gritar y a hablar mal de los «payos» porque parecía que se habían vuelto locos y entre todos estaban destruyendo el mundo. Y que, además, aún tenían cara dura para decir que los gitanos iban sucios, cuando eran ellos, los «payos», quienes estaban ensuciando toda la tierra, que no habían dejado ni un solo río del que se pudiera beber agua, como antes. Y que a ellos, que iban siempre de un lado para otro, se les estaban poniendo las cosas muy difíciles..., demasiado difíciles.

Los dos hombres intentaron calmarla diciéndole que aquella noche aún podrían arreglarse con el agua que llevaban en la barrica. Ella se calló. Pero al cabo de un buen rato, cuando ya habían encendido fuego para hacer la cena y todos estaban sentados a su alrededor, volvió a decir muy indignada que a ver cuándo un gitano había ensuciado un río. Nunca. Y que, en cambio, los «payos», que se las daban de sabios, con sus malditas fábricas lo habían dejado todo inhabitable. Y juró que antes prefería ver a sus hijos muertos que trabajando en aquellas fábricas de los «payos». Sus hijos serían afiladores, como el padre, o arreglarían paraguas o perolas agujereadas, o venderían muebles viejos o ganado, o harían lo que quisieran, siempre que se tratara de trabajos gitanos, trabajos que se podían hacer al aire libre, que eran a los que ellos se dedicaban desde hacía siglos; pero que no trabajarían nunca en una fábrica, ¡jamás!, al menos mientras ella viviera. Y a continuación soltó un sopapo a uno de los niños, que estaba a su lado y que se había echado a reír al verla tan excitada.

Brillante dormía plácidamente, atado al carro. Sólo hacía dos días que los gitanos se lo habían llevado y ya se había acostumbrado un poco a aquella forma de vida. Caminar durante todo el día por la carretera atado al carro y dormir por la noche al raso. Y para comer, algún mendrugo de pan o las sobras de los platos que el niño le acercaba. Pero ¡qué distinto de los platos de arroz que sus amigos le llevaban al solar y que nunca conseguía acabar por lo abundantes que eran...!

Un ruido extraño, muy distante, prácticamente imperceptible, lo despertó de pronto. No vio nada sospechoso. Sin embargo, el aire estaba cargado de olores que le eran muy familiares. Nervioso, se incorporó y quedó a la expectativa. Intuyó que algo horrible estaba a punto de ocurrir.

No obstante, a su alrededor todo estaba aparentemente tranquilo.

El caballo, con el lomo lleno de luna, pastaba adormecido las abundantes gramíneas de la pradera. A su lado, debajo del carro, ahora convertido en una especie de tienda de campaña porque habían tapado sus costados, dormían el hombre joven, la madre y los tres niños. El viejo roncaba al igual que unas ranas que se oían a lo lejos

Todo parecía tranquilo, pero Brillante sentía dentro de sí una inquietud cada vez mayor.

En aquel momento, el caballo levantó de golpe la cabeza y sopló con fuerza. También él acababa de intuir el peligro.

Al cabo de unos instantes, se oyó con claridad un leve crujir de ramas y el roce de unos cuerpos con la hojarasca.

Brillante empezó a gañir, pero los gitanos dormían sin ningún temor. Entonces vio con claridad: uno..., dos..., tres..., cuatro... Doce perros de diferentes razas y características fueron saliendo del bosque, entre los arbustos, y se detuvieron a unos quince metros del pequeño campamento. Eran perros salvajes, famélicos, desesperados, que hacía días que no comían, que sabían que sólo podían hacerlo cuando eran capaces de robar o de matar. Al frente de todos iba un perro enorme, gris, de raza indefinida, una mezcla de pastor alemán y de cualquier otra especie. Por un momento, sus ojos brillaron con ferocidad bajo el claro de luna.

El caballo empezó a golpear la tierra con una de las patas delanteras y a relinchar.

Se oyó un murmullo encima del carro, como si el hombre viejo dijera algo a la mujer.

Los demás perros se habían ido alineando detrás del gris.

Brillante tiró con todas sus fuerzas de la cuerda que lo tenía sujeto al carro, pero fue inútil.

En aquel momento, el perro gris se lanzó con furia sobre el campamento, seguido de una docena de perros salvajes que ladraban rabiosamente.

El ataque había empezado.

Unos cuantos perros rodearon al caballo. Éste tenía los ojos desorbitadamente abiertos y relinchaba asustado, encabritándose e intentando defenderse.

El perro gris saltó dentro del carro y otros perros se metieron entre los plásticos hurgando por todas partes, destrozándolo todo, mordiéndolo todo. A los ladridos de los perros se unieron los gritos de los hombres, los chillidos de las mujeres y el llanto de los niños.

Brillante miraba lo que estaba ocurriendo y también ladraba, excitadísimo. Sabía que la situación era grave y que tendría que defenderse a mordiscos si era preciso. Una perra blanca, paticorta, se acercó a él decidida. Brillante se preparó, enseñándole los colmillos, pero ella no mostró ninguna agresividad. Estaba desesperada y lo husmeaba todo, buscando algo que comer. De pronto encontró un pequeño mendrugo que Brillante había dejado, lo cogió entre sus dientes y empezó a gruñir agresivamente mientras se lo tragaba entero.

Sorprendidos de noche y durmiendo, los gitanos no sabían cómo defenderse.

La mujer que dormía encima del carro saltó, gritando horrorizada y pidiendo ayuda. Dentro se oía al viejo luchando contra el perro gris. Pero los que estaban debajo del carro tenían tantos problemas como los de encima.

En aquel pequeño refugio, donde dormían cinco personas muy apretadas, se habían metido cuatro perros salvajes. Corrieron por encima de ellos y los pisotearon buscando comida como locos. La mujer, instintivamente, intentó proteger a los niños. Para ello los tapó por completo con la manta que los abrigaba. Entretanto, el hombre consiguió liberarse como pudo de los perros y salir fuera. Entonces cogió uno de los troncos medio quemados que quedaban en la hoguera y empezó a soltar garrotazos a diestro y siniestro. Enseguida, la gitana del carro cogió otro tronco y también empezó, por su cuenta, a repartir golpes por todas partes.

Brillante tuvo que defenderse de un perro cocker que lo atacó con rabia, y tantos fueron los tirones que dio durante la batalla, que la cuerda que lo sujetaba acabó por romperse. En aquel preciso momento se oyó el silbido del garrote de la mujer que bajaba cortando el aire como un cuchillo. Menos mal que las sombras de la noche y él, al moverse, no permitieron que la mujer calculara con precisión, por lo que el garrote no fue a dar contra su cabeza, adonde precisamente se dirigía, sino al cuello, y de refilón. El cocker desapareció y Brillante comprendió instintivamente que, con la excitación y a oscuras, los gitanos no distinguían nada y cargaban contra todo lo que se movía con la furia que el miedo y la excitación les producían. Por eso también él se alejó hasta alcanzar una distancia prudente del campo de batalla. La perra paticorta gimoteaba nerviosa contemplando la escena desde lejos, cerca de donde Brillante se encontraba.

Cuando el gitano más joven, con la estaca en la mano, apartó el toldo del carro, vio que el viejo —su padre— se quitaba de encima al perro gris, al cual había matado cosiéndolo a cuchilladas.

Entonces tuvieron que correr a defender al caballo, atacado por cuatro o cinco perros enfurecidos. El pobre animal lo habría pasado muy mal de no haber sido por dos garrotazos inteligentes que pusieron un poco de orden en aquel mare mágnum.

Entonces salieron de debajo del carro la madre, que tenía una herida, y los tres niños, que gracias a que ella los había protegido con la manta fueron los únicos que no habían recibido ningún mordisco. Al pequeño le había dado un ataque de llanto y la madre lo tomó en sus brazos y lo meció para calmarlo.

Y llegó el momento de pasar revista a todas las desgracias que los perros les habían producido en aquel súbito ataque. Ropa esparcida, desgarrada, inservible. Los víveres habían desaparecido por completo. Se habían llevado el jamón, los embutidos, el pan... e incluso se habían comido las patatas crudas. Sólo habían dejado las latas de sardinas y una blanca tendalera de harina y granos de arroz.

Brillante pensó que, a pesar de que las lamentaciones no cesaban, quizá ya estarían lo bastante serenos como para reconocerlo y se decidió a acercarse a ellos moviendo el rabo.

Pero lo recibieron otra vez a garrotazos.

Esperó un rato y volvió a intentarlo. Esta vez le soltaron una pedrada que, pese a la oscuridad, le dio en pleno muslo y lo obligó a alejarse de nuevo.

En realidad, nada lo unía ya a los gitanos, ni ellos querían saber nada de él. Por tanto, era libre. Pero ¿adónde iría? Imposible desandar el camino y volver a la ciudad donde vivían los niños. Estaba muy lejos y no sabía regresar. ¿Qué iba a hacer?

Algunos de los perros salvajes aún corrían por allí: la perra paticorta, otro con la orejas caídas... Se iban agrupando poco a poco en la entrada del bosque. Esperaban al perro gris que los capitaneaba, pero no venía...

Brillante miró el campamento de los gitanos por última vez. Ya no tenía amo, como ninguno de aquellos perros perdidos que se habían unido para ayudarse unos a otros.

Y cuando los perros, cansados de esperar al gris, penetraron en el bosque, Brillante los siguió desde lejos.

EL ATAQUE a la carreta de los gitanos había tenido trágicas consecuencias para la manada de perros salvajes. De los trece que eran cuando empezó el ataque, uno de ellos —el gris— había muerto dentro del carro; el perdiguero y el pecoso estaban malheridos y yacían cerca del campamento sin poder moverse. Por tanto, habían tenido tres bajas. Trece menos tres, diez. Y, a pesar de todo, si alguien los hubiera contado habría sumado once.

Porque un perro negro, peludo, muy bonito, ni grande ni pequeño, con los pies blancos como si llevara calcetines, se había unido al grupo: Brillante, que se había quedado allí, quieto, a unos veinte metros de los demás, sin atreverse a acercarse, quizá por miedo.

Los perros estaban echados en una extensión de unos cincuenta metros. Algunos se lamían las heridas que a casi todos les habían hecho los garrotes que los gitanos habían convertido en rayos.

Un perro cazador y otro manchado, cruce de todos los cruces de razas posibles, roían incansablemente los restos del hueso del jamón que habían conseguido rapiñar a los gitanos. La perrita paticorta que se había acercado a ellos y los dos perros gruñeron enseñándole los dientes. La perrita tuvo que detenerse y olvidarse del hueso. A cambio de los dos garrotazos recibidos sólo había conseguido comer un pedacito insignificante de pan. Claro que a los demás aún les había ido peor que a ella. ¡Paciencia! Otro día comería más. Estaba claro que allí sólo comían los más fuertes, como el dóberman o aquel otro perro marrón, de pelo largo. Entre los dos se habían zampado todo el jamón. Únicamente cuando estuvieron hartos, dejaron los huesos al cazador y al manchado. Y para los demás, sólo lo que cada uno había podido encontrar hurgando en el campamento.

El sol estaba ya muy alto y el dóberman se sentía intranquilo. Era evidente que el perro gris no volvería.

El dóberman miró a los otros perros que estaban echados esperando y se levantó. Inmediatamente comenzó a marcar los árboles con sus orines. Y uno tras otro, los demás perros empezaron a levantarse y a sacudirse dispuestos a seguirlo.

Sin embargo, no todos habían aceptado tan fácilmente la jerarquía que él mismo acababa de atribuirse.

El perro marrón de pelo largo se levantó lentamente y fue a orinar exactamente en los mismos lugares donde el dóberman lo había hecho. Éste gruñó y volvió a repetir la operación de unos momentos antes: de nuevo orinó en los mismos lugares.

Entonces fue el perro marrón el que gruñó, encogió el morro agresivamente y enseñó los dientes al otro. El dóberman se le enfrentó.

Los dos gruñeron, amenazadores, a medio metro el uno del otro. La lucha era ya inevitable. En un instante se entrelazaron en un intercambio de feroces mordiscos. Colmillos, ladridos, babas, revolcones por el suelo... Los dos eran muy fuertes y el vencedor no acababa de definirse. Llegó un momento en que el perro marrón consiguió agarrar al dóberman por el gañote y clavarle con rabia los colmillos. El dóberman lanzó un grito de dolor, pero de un fuerte tirón logró librarse de las tenazas del otro.

Volvieron a lanzarse uno contra otro.

Durante unos segundos se sostuvieron de pie, como abrazados, tocando el suelo sólo con las patas traseras, hasta caer el uno encima del otro en un combate desesperado.

Los demás perros contemplaban aquella escena impasibles, como si el resultado de la pelea no les interesara ni poco ni mucho. Brillante, sí. Brillante estaba asustado —había vivido ya tres días llenos de sensaciones nuevas y de peligros que lo habían trastornado por completo— y empezó a ladrar mirando hacia el cielo, nerviosamente.

Al cabo de un rato de lucha despiadada, el dóberman consiguió atrapar al otro por una de las patas de atrás y le clavó los dientes de lleno. El perro marrón se revolvió furiosamente, pero enseguida comprendió que si no cedía ya podía despedirse de su pata, porque su contrincante habría acabado por arrancársela. Y abandonó la lucha. A pesar de estar atrapado por una pata, intentó echarse en el suelo, boca arriba, sin defenderse más, entregándose por completo a la voluntad del vencedor. El dóberman, al ver la actitud de su rival, lo soltó. Después se le lanzó de nuevo encima y, gruñendo ferozmente, puso sus dientes afilados a dos dedos de la garganta del perro marrón. Éste no se movía. El otro estuvo unos instantes aguantando su posición de total dominio de la situación y, finalmente, empezó a ladrar en señal de victoria. Soltó al perro marrón, que, con la cabeza baja, se levantó cojeando y se echó unos pasos más allá para lamerse las heridas.

La cosa estaba muy clara: el dóberman conduciría la jauría y el perro marrón de pelo largo y de raza indefinida sería su segundo; los demás seguirían con el mismo rango de antes. Sólo la perra blanca, paticorta, había ascendido porque ya no era la última de la manada. Ahora el último era Brillante, el recién llegado, pues nadie se opuso a que se uniera a la jauría.

Y penetraron en el bosque.

LA VIDA de Brillante había sufrido un cambio inimaginable.

Ahora volvía a andar perdido, sin amo, como al principio, antes de conocer a los niños. Y por su pequeño cerebro de perro pasaban fragmentos de recuerdos, imágenes desordenadas.

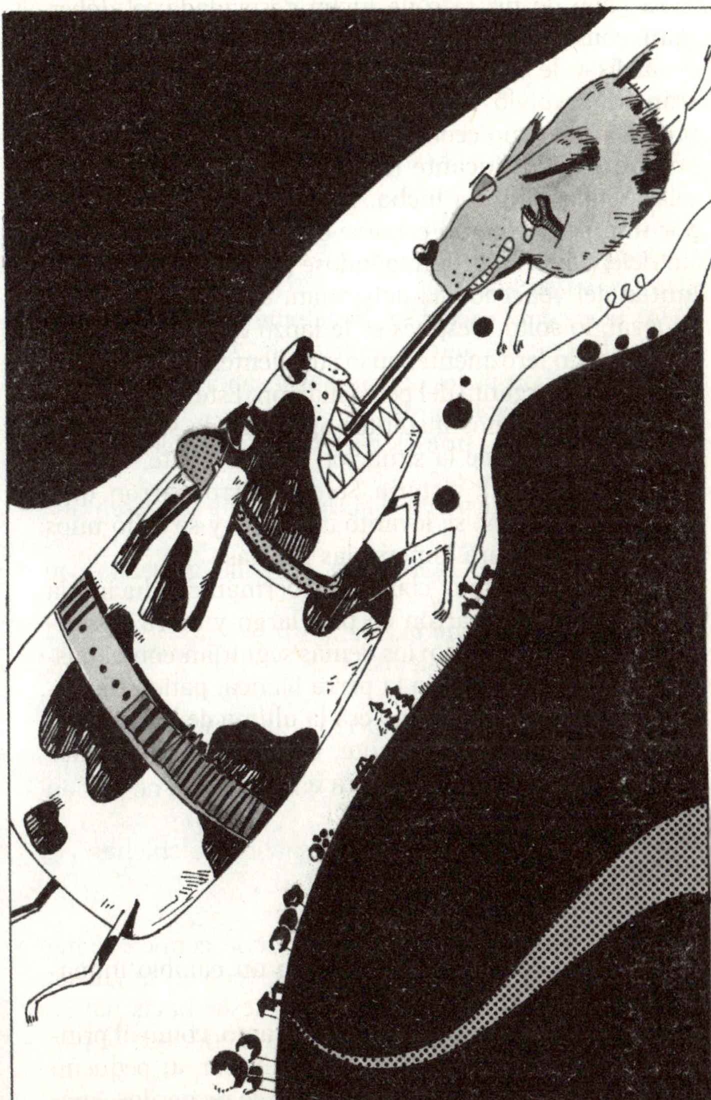

De Marcos queriendo enseñarle a caminar sobre las patas traseras...

De Isona tirando lejos la pelota para que él fuera a buscarla...

Del arroz del que también comían los pájaros y las hormigas, pues a él le sobraba...

De Nuria, que lo lavaba y lo cepillaba y le ponía colonia contra las pulgas...

De los mendrugos de pan y del agua clara que tenía siempre en su bote...

De Eloy, que lo cogía y lo echaba por el suelo y se revolcaba con él como si se pelearan...

Del arroz con pieles de gambas y sabor a pescado de los domingos por la tarde...

De los enormes huesos de ternera que roía durante horas...

De Laura, que le ponía el abrigo si el día se presentaba malo...

Del cocido y los menudillos de pollo guisados con pan...

Del arroz con carne picada...

De la leche y las galletas...

Del agua fresca...

De las croquetas para perro que vendía el veterinario...

De los restos de los bocadillos que los niños no podían acabarse en la escuela...

De los fideos a la cazuela con sabor a salchichas...

Del arroz con sabor a huevo frito...

Del arroz... Del arroz.... Del arroz...

Poco a poco, la idea del agua y de la comida se fue apoderando de todo su recuerdo, de toda su angustia, de todo su instinto. No comía nada desde hacía días.

Había aprendido a pelearse por un mendrugo de pan que siempre acababa comiéndose otro.

Había aprendido a enseñar los dientes y a morder a los más débiles.

Había aprendido a amenazar por la más mínima cosa y a huir de los dientes de los demás.

Había revuelto bolsas de basura y había perseguido un conejo entre las aulagas.

Había aprendido a sitiar una granja durante días para comer sólo plumas de gallina.

Había participado en el asalto a la desesperada de una casa de campesinos.

Había huido de los ladridos y los perdigones.

Había ido con la jauría de perros salvajes, que atacaban perros, corderos, mulas, hombres, casas, chalés, pueblos, y a los que por todas partes por donde pasaban se los miraba con un odio mayor aún que su hambre...

CUARTA PARTE

SONÓ el telefóno en casa de Eloy y de Isona.

Lo cogió la madre.

—Sí, dígame.

—Oiga —dijo una voz de mujer desde el otro lado del hilo—. ¿Son ustedes los que pusieron un anuncio en el periódico diciendo que habían perdido un perro?

—Sí, sí, diga —contestó rápidamente la madre moviendo la mano arriba y abajo con fuerza para reclamar la atención de la familia.

Los niños dejaron de cenar y la miraron expectantes. Isona se levantó como si la hubieran pinchado y preguntó:

—Es Brillante, ¿verdad? ¡Es Brillante!

La madre le ordenó con un gesto que callara.

La voz del otro lado continuó:

—Mire, llamo desde Font del Príncep, una urbanización que está a unos dos kilometros de Viladoms. ¿La conoce?

—No, la urbanización no la conozco, pero, más o menos, sé dónde está. Diga, diga.

—Verá, es que hace días que una manada de perros ronda por aquí. Han hecho ya muchos desmanes...

Eloy e Isona habían corrido hacia la habitación de la madre e intentaban escuchar los dos a la vez por el teléfono supletorio que había en la mesita de noche.

—¡Hablan de Brillante! —dijo la niña sintiendo que su corazón se aceleraba.

—¡Oiga, oiga...! —dijo la voz.

—Sí, sí, diga —contestaron a la vez la madre e Isona, cada una desde un teléfono diferente.

—¡Ay, creía que se había cortado la comunicación! Decía que por aquí rondan unos perros y que hay uno que podría ser el que ustedes perdieron.

—¡Lo han encontrado! —gritó Isona.

—Aún no lo sabemos —contestó Eloy, pero en realidad estaba tan emocionado como su hermana.

—¿Es negro, peludo, no muy grande, y tiene los pies blancos?

—Sí.

—¿Ha visto si lleva collar ese perro?

—Sí, lo lleva.

—¡Es el nuestro!

—Sí, un perro como el suyo va con toda esa manada de perros salvajes que nos tiene verdaderamente asustados.

—¿Qué perros salvajes? —preguntó la niña sorprendida.

—Unos que andan por aquí destrozándolo todo. Son un peligro, de verdad. Incluso atacan. El otro día mataron dos gallinas en una casa de campo que hay aquí cerca y mordieron al dueño.

—¿Y cuándo ha visto usted a nuestro Brillante? —insistió la niña.

—Esta misma mañana, cuando han pasado todos por delante de mi casa y he tenido que encerrarme porque estaba muy asustada.

—Nuestro perro no muerde nunca —aseguró Isona.

—¡Uy, niña! —dijo la mujer—, ¡tú no has visto a esos perros! Son auténticas fieras. ¡Van todos en grupo y comen lo que pueden!

Eloy había corrido en busca de un bloc y un bolígrafo.

—Que te diga exactamente dónde lo ha visto —dijo a su hermana, dispuesto a anotar los datos.

—¿Queréis callar de una vez? —gritó la madre

—¿No veis que si hablamos todos a un tiempo no nos

entendemos? —y luego volvió a hablar por el aparato—: ¡Oiga!

—Diga, diga.

—¿Puede decirme exactamente dónde lo ha visto?

—Aquí, en la urbanización Font del Príncep.

—Ya, ya. ¿Puede decirme cómo se va a esa urbanización?

—Tiene que coger por un cruce que hay a dos kilómetros de Viladoms, por la carretera que va de Tarrasa a Manresa, delante de un restaurante que se llama Buen Provecho. Siga por ese camino y pronto verá las primeras casas de la urbanización. Yo vivo en la tercera calle a mano izquierda, calle de Marià Fortuny, número veintitrés. Ya verá un chalé blanco, más grande que los demás. Vivo aquí todo el año.

—Bien, de acuerdo. Muchas gracias. El sábado iremos a ver si lo encontramos —dijo la madre.

—¡El sábado, no! ¡Ahora! —gritó Isona por el teléfono de la habitación.

—Oiga... —insistió la voz.

—Diga, diga —contestó la madre.

—He oído decir a los del Ayuntamiento que mañana organizarán una batida para matar a todos esos perros porque son un auténtico peligro, créame. Han hecho muchos desmanes por estos pueblos de los alrededores.

—¿Mañana organizarán la batida?

—Eso es lo que he oído decir. Estaban pidiendo que todos los que tienen escopeta se unan a ella.

—Bien, bien, muchas gracias; veremos qué podemos hacer.

—Adiós, y que tengan mucha suerte.

—Adiós, adiós, ya pasaremos a verla para darle las gracias personalmente.

—Siempre que quieran. El caso es que encuentren a su perro.

Y colgaron el teléfono.

Sin perder un instante, los niños corrieron a su habitación en busca de jerséis y de una linterna para salir enseguida a buscar al perro.

—¡Eloy! ¡Isona! ¿Adónde vais?

—¡Tenemos que ir a buscar a Brillante! —contestaron los niños.

—Pero ¿sabéis lo que estáis diciendo? ¿Cómo vais a ir a estas horas en busca de un perro que ni siquiera sabéis si es Brillante?

—¡Sí es Brillante! —exclamó la niña.

—¡Basta! —dijo la madre—. ¿No veis que ya es de noche? Iremos mañana.

—¡Mañana lo matarán! —gritó la niña echándose a llorar.

—Isona, no llores —dijo la madre—. ¿No veis que ahora no podéis ir? Eloy, díselo tú.

Eloy comprendía perfectamente que aquélla no era la hora adecuada para ir por esos mundos de Dios, a oscuras, persiguiendo a una jauría de perros salvajes. Pero eran tantas la ganas que tenía de hacerlo que no fue capaz de decirle nada a su hermana. La única cosa que se le ocurrió para salir de la situación fue:

—Me voy a casa de Marcos.

—Yo también voy —dijo la niña, llorando aún.

Y se fueron.

AL CABO de diez minutos, Eloy, Isona, el Mofletes, Nuria y Laura se encontraban reunidos en la placita, sentados en un banco, debajo de una farola.

—Tenemos que ir esta misma noche —repetía constantemente Isona—. Mañana los matarán.

—No podemos ir de noche. ¿No ves que de noche no los encontraríamos? —dijo su hermano—. Lo que tendríamos que hacer es ir mañana por la mañana, muy temprano.

—¿Y quién nos acompañará? Nosotros solos no podemos ir a esa urbanización —dijo Laura.

Nuria miró el reloj de la torre: marcaba las diez menos diez. Dijo:

—Lo que tenemos que hacer esta noche es ponernos de acuerdo en todos lo detalles. No olvidéis que tenemos que ir mañana a primera hora. Así que empecemos por hablar con nuestros padres para ver quién de ellos podrá llevarnos. Venga, no nos queda mucho tiempo. Luego nos llamamos para concretarlo todo.

Y todos echaron a correr hacia sus casas.

Fue una negociación muy, pero que muy difícil. En principio, ninguno de los padres podía al día siguiente, un miércoles, dejar de trabajar para ir a la montaña en busca de un perro. Y, además, se oponían a que sus hijos faltaran a la escuela por ese motivo.

Los niños estaban desesperados.

Se llamaban por teléfono unos a otros ininterrumpidamente para ver si podían encontrar una solución. Pero cada nueva llamada era un nuevo desengaño.

—No me dejan ir. Dicen que esos perros podrían ser peligrosos y hacernos daño.

—Ha llamado Nuria y dice que a ella y a Laura les pasa lo mismo.

—¿Y en tu casa? ¿Tu madre no puede ir? —preguntaba Marcos a Eloy, aunque ya sabía cuál iba a ser la respuesta.

—Se lo he pedido, pero trabaja. Dice que no puede dejar el trabajo y que, además, lo más seguro es que ese perro no sea Brillante, que no es posible que haya ido tan lejos. Y que si es él, se habrá vuelto rabioso y ya no podremos tenerlo con nosotros.

Fue una media hora angustiosa. Los teléfonos sonaban constantemente y los niños se iban comunicando una y otra vez lo que ya temían, lo que ya sabían.

—¡Basta! ¡Se han acabado las llamadas! —gritó el

padre de Nuria poniéndose de pie—. Este mes, por vuestra culpa, el recibo del teléfono va a costar una fortuna.

Y colgó el auricular, que su hija acababa de coger con la intención de volver a marcar un número. Pero apenas acabó de colgarlo, el teléfono sonó de nuevo. Se lo llevó, rápido, al oído.

—¿Qué pasa? ¿Qué queréis?

—¿Está Nuria? —preguntó una vocecita muy delgada desde el otro lado del hilo.

—Sí, está, pero ahora no puede ponerse. ¿Quién eres?

—Isona.

—Escucha, dile a tu madre que se ponga, que quiero decirle una cosa.

—Un momento.

Al cabo de unos segundos se oyó una voz de mujer:

—Hola, Ignacio. Dime, dime.

—Hola, Carmen. Escucha, ¿qué es todo ese lío del perro? Mi hija está excitadísima y no hace más que decirme que vayamos mañana a buscarlo.

—No me hables. Isona está con un verdadero ataque de histeria y Eloy ha decidido no hablarme. Dice que tiene ganas de tener dieciocho años, ser mayor de edad y marcharse de casa para ir en busca de los perros que quiera y cuando quiera. Pero lo que más siento es que, entre gruñidos, me ha dicho que si su padre estuviera aquí, seguro que mañana irían por el perro los dos juntos.

—No le hagas caso. Ya sabes cómo son los chicos. Pero algo tendremos que hacer, porque todos están muy disgustados y eso no es nada bueno.

—Sí, pero yo mañana por la mañana no puedo ir a buscar ningún perro. Ahora tenemos muchísimo trabajo en la oficina.

—Claro. Lo mismo nos pasa a nosotros. ¿Y Vidal? ¿No podría hacer una escapada, puesto que trabaja por su cuenta con la furgoneta?

—Se lo tendremos que pedir. Yo se lo propondré.

—Hazlo. Si pudiera, nos haría un gran favor. Llámalo y después dime cómo habéis quedado.

—Muy bien. Lo haré.

Y empezó el turno de llamadas de los mayores: que si esto, que si aquello, que si lo de más allá... Evidentemente, aquel mes el teléfono les iba a costar una fortuna a todos.

Finalmente se decidió que al día siguiente, muy temprano, Vidal, el padre de Marcos, iría con su furgoneta a la urbanización Font del Príncep para ver si podía localizar a aquel perro que se parecía a Brillante. Le acompañarían su hijo Marcos y Eloy y nadie más, pese a las lamentaciones, quejas y protestas de las chicas. Y gracias que dejaban ir a los muchachos.

—Puede ser muy peligroso.

—Tenéis que estudiar.

—Si vais tantos, se complicarán más las cosas.

En fin, los mayores iban dando sus razones, que, no hace falta decirlo, no los convencieron en absoluto.

—¿Y por qué ellos sí y nosotras no? —decían.

Pero los mayores se mostraron inflexibles: nadie más se expondría a ser mordido por una manada de perros salvajes. Y a Eloy y a Marcos les dejaron ir después de haberles hecho jurar y volver a jurar que no se alejarían ni un centímetro del padre del Mofletes.

—Vidal, llévate una barra de hierro, ¿oyes? Hazme caso —decía la madre de Isona y Eloy.

—A mí no me hace ninguna gracia ir, ¿lo sabéis? —decía el padre de Marcos lamentándose—. Me habéis embarcado en toda esta historia, con el trabajo que tengo mañana...

Y se fueron a dormir. Pero a muchos de ellos aquella noche les costó pegar ojo.

Laura exigió, bajo amenaza de originar un drama, que le dejasen ir a dormir a casa de Nuria, porque tenían muchas cosas de que hablar y querían estar juntas. La dejaron, un poco como compensación por no haberle permitido ir en busca del perro. Como ya era muy tarde, la madre la acompañó.

Las dos chicas se pasaron toda la noche dale que te pego: que si se había cometido con ellas un auténtico acto de discriminación no dejándoles ir en busca del perro que si las mujeres siempre son discriminadas por los hombres y que de mayores se afiliarían al partido feminista y que vaya suerte que tenía Eloy de ser hombre y que Marcos también sí pero Eloy más y ¿por qué? pues porque era más guapo que Marcos sí pero a mí me gusta más Roger Brunet el hermano de Eulalia Brunet que ya va a octavo sí pero Eloy es más guapo pero Roger es más alto pero el año que viene Eloy será tan o más alto que Roger y que mira que si los muerden los perros y que si sería Brillante que si no sería Brillante como ya les pasó la otra vez que cómo habría ido a parar tan lejos con el hambre y la sed que debía de haber pasado que a ver si no lo encontrarían o si lo encontrarían muerto que si se acordaría de ellos y que además Roger Brunet era un poco creído y en cambio Eloy...

Y no hubo manera de coger el sueño, porque cuando se producía un silencio y a una de las chicas empezaba a rondarle, la otra volvía a hablar y la que se había medio dormido se desvelaba de nuevo. Y cuando no era la una era la otra. Y así, horas.

Isona, después de la pataleta, se durmió profundamente. Y soñó con perros durante toda la noche y que ella también era un perro blanco como la nieve y que venían unos hombres con escopetas a matarlos y uno de los hombres tenía la cara de su madre, pero cuando los iban a matar ellos echaban a volar y entonces ella se convertía en Brillante y todos los perros la seguían y ella era la princesa de los perros.

Marcos durmió como un tronco, contento de ser uno de los elegidos y poder acompañar a su padre en la gran aventura de recorrer las montañas y meterse entre una jauría de perros salvajes para rescatar a Brillante y evitar que los hombres del pueblo lo mataran.

Eloy, por el contrario, estaba desvelado debido a los últimos acontecimientos y se pasó horas y horas dando vueltas en la cama y pensando en todo lo que les esperaba al día siguiente. Y no se durmió hasta una hora antes de que sonara el despertador de su madre, que aquella mañana también debía despertarlo a él.

Se levantó de un salto. Se lavó, se vistió y desayunó. El reloj señalaba las ocho y cinco. Ya pasaban cinco minutos de la hora convenida y los otros aún no habían llegado...

Ya iba a llamar a Marcos para preguntarle qué pasaba cuando oyó que sonaba el timbre del portero automático. Corrió al balcón. Estacionada en doble fila estaba la furgoneta del padre de Marcos, con el motor en marcha, y Marcos, en la calle, mirando hacia el balcón.

—Venga, Eloy; baja, que es tarde.

En cuatro saltos estuvo abajo.

La madre salió al balcón para decirles, una vez más, que tuvieran cuidado.

La furgoneta arrancó.

Los chicos iban en silencio, mirando por la ventanilla y pensando.

Hacía fresco a aquella hora y las calles estaban llenas de gente que iba a trabajar. Fue lento salir de la ciudad a causa del tráfico que había, pero una vez en la carretera, cogieron velocidad.

Los chicos miraban el paisaje que la furgoneta iba tragándose sin parar. Barrios de pequeñas casitas, una caótica mezcla de huertos, bloques de pisos, fábricas... que se extendían a lo largo de kilómetros y kilómetros. Todo era feo, monótono y conocido. Cruzaron varias poblaciones. Finalmente, la furgoneta enfiló una carretera que los chicos no conocían y que cruzaba un espeso bosque de pinos y encinas.

«¿Cómo es posible —se preguntaban en silencio los chicos— que Brillante haya podido cruzar todo el laberinto de obstáculos que separa su antiguo solar de la calle de Francesc Macià, donde él vivía, del lugar donde dicen que lo han visto? ¿Y si después de todo este lío no se trata de Brillante? Ya nos pasó otra vez. ¿Por qué no puede, pues, repetirse aquel hecho...?»

Y la furgoneta continuaba subiendo bosque arriba por aquella carretera tan llena de curvas. El paisaje era cada vez más bonito, aunque ninguno de los tres se fijaba en él. A medida que iban subiendo, aparecían más crestas de montañas por el lado izquierdo, en una especie de lucha entre la piedra y la niebla que cubría la base de todas aquellas montañas.

De pronto, el padre de Marcos exclamó:

—Ya estamos.

Su voz rompió el hilo del pensamiento de los dos amigos y los llevó a un problema concreto: Brillante estaba allí cerca.

La furgoneta se detuvo delante del restaurante Buen Provecho.

El padre de Marcos dijo:

—¿Has desayunado, Eloy?

—Sí, en casa —contestó éste.

—Bien, como quieras. Marcos y yo tomaremos algo.

Los tres bajaron de la furgoneta y entraron en el bar del restaurante.

Eloy estaba indignado. Ahora habría que esperar a que Marcos y su padre desayunaran, con la prisa que tenían... No pudo contenerse y le dijo a su amigo:

—No te entretengas comiendo, ¿me oyes? Tenemos prisa.

Tras la barra del bar había un camarero secando vasos. Se acercaron.

—Hola, buenos días.

—Buenos días.

—¿Nos podría preparar algo para desayunar?

—¿Qué quieren?

—¿Qué hay?

—Tortilla, queso, jamón, mortadela...

—Pónganos un poco de queso —se dirigió a su hijo—: ¿Te apetece un poco de queso, Marcos?

—Sí, pero no mucho, que tenemos prisa —dijo éste queriendo quedar bien con Eloy.

—Bien, bien, tranquilos; hay tiempo para todo.

—¿Qué quieren para beber? —preguntó el camarero.

—Ponga un café con leche para mí y un batido de chocolate para éste —y preguntó dirigiéndose a Eloy—: ¿No quieres nada?

—¡No! —contestó el chico sin mirarlo. Le ponía furioso toda aquella calma.

Se sentaron en una mesa. El padre, al ver la tristeza de los chicos, les dijo:

—Cuando el camarero nos traiga el desayuno, le preguntaremos si sabe algo de los perros.

Los chicos no contestaron. Esperaban, y cada minuto les parecía una eternidad. El camarero preparaba el café con leche en la máquina.

En esas se abrió la puerta del bar y entró un hombre gordo con una chaqueta de piel, una gorra, una escopeta de dos cañones colgada al hombro y una cartuchera en la cintura.

Los chicos sintieron que el corazón les latía con fuerza. Eloy se puso de pie.

—¡Poldo! —dijo el hombre que acababa de entrar dirigiéndose al camarero—. Prepárame un café con mucho coñac, a ver si se me quita el frío.

—¿El frío? El miedo, querrás decir —contestó el otro riendo.

—¿Qué dices? ¿Miedo de qué? Si me parece que, tirando por lo bajo, seremos veinticinco o treinta.

—¿Va también Cinto, el de Dolfo?

—¿Ése? —exclamó riendo el cazador—. Debe de haberse metido debajo de la cama muerto de miedo —los dos hombres rieron—. Con el terror que le dan los perros...

Los chicos, que no habían perdido ni una palabra de la conversación de los dos hombres, al oír pronunciar la palabra «perros» quedaron electrizados.

—¿Van a matar perros? —preguntaron a la vez.

El hombre se volvió hacia la mesa donde ellos estaban:

—¡Lobos vamos a matar; son peores que lobos!

El padre de Marcos también se había puesto de pie y se acercó al hombre gordo.

—Buenos días —dijo el padre.

—Buenos días.

—Mire, nosotros venimos a ver si entre esos perros hay uno que perdimos hace algún tiempo, porque nos han dicho que uno se parece mucho al nuestro.

El camarero y el cazador lo miraron sorprendidos.

—¿Vienen a buscar uno de esos perros salvajes? —preguntó el cazador.

—Hombre..., si se trata del nuestro, sí, claro.

—Pero ¿sabe usted lo que dice? ¿Cómo se va a llevar a una de esas malas bestias?

Los niños miraban a aquel hombre gordo con odio profundo y mal disimulado.

—Si efectivamente es el nuestro, no sé por qué no hemos de llevárnoslo —contestó el padre.

Marcos miró satisfecho a su padre y se puso a su lado como diciendo: «Muy bien, no aflojes».

—¿Y usted va a meterse en el bosque y a revolver entre esos perritos mientras nosotros disparamos a diestro y siniestro? Además, no podrá hacerlo. ¿No sabe que atacan a todo el que encuentran y que más de cuatro de por aquí, del pueblo y de la urbanización, ya han sido víctimas de sus colmillos? Créame, esos animales son un peligro público que hay que eliminar. Han matado gallinas, dos corderos... Incluso atacaron al carpintero del pueblo cuando estaba en el huerto, y tuvo que subirse a una higuera. Y menos mal —dijo mirando al camarero— que los chicos de Girau pasaban por allí con el camión y los ahuyentaron. De otra forma, habría podido acabar muy mal.

—¡Ya lo creo! —asentía el camarero.

—Mire, lo que habría que hacer es castigar a todos esos veraneantes que abandonan a sus perros. Después se vuelven salvajes y pasa lo que pasa.

—Nosotros no lo abandonamos, lo perdimos —dijo el padre enérgicamente.

—No lo digo por usted, pero por aquí, en Font del Príncep, hay gente que todos los años, cuando se acaban las vacaciones, abandona el perro y después se extraña de lo que pasa.

El padre miró a los dos chicos con desánimo.

—Creo que hemos llegado tarde...

—¡No! ¡No! ¡Vamos a buscarlo! —gritaron los niños, desesperados.

El padre no sabía qué hacer. Finalmente preguntó al hombre gordo:

—¿Cuándo empiezan la batida?

—La batida ya la empezamos hace tiempo. Ayer mismo mataron uno de esos perros cerca de casa Percha.

—¿De qué color era? —preguntó Marcos.

—¡Qué sé yo! No fui a verlo. Tenía otras cosas que hacer.

Los dos niños se miraron con inquietud. Marcos cogió la mano de su padre. Éste dudó unos momentos y, al fin, preguntó al hombre gordo:

—¿Dónde se supone que están ahora los perros?

—Deben de andar por allá arriba, ¿ve? —se acercó a la puerta de cristales mientras señalaba los picos de una montaña. Todos lo siguieron y miraron hacia donde les indicaba.

El padre dijo entonces:

—Haremos una cosa: nos acercaremos todo lo que podamos con la furgoneta y trataremos de encontrar a los perros —y dirigiéndose a los niños, con un tono de voz más elevado, añadió—: Y nadie bajará del coche ni un solo momento, ¿entendido? —los chicos asintieron con un movimiento de cabeza. El padre continuó—: Y cuando estos señores empiecen a disparar, nos iremos. ¿Queda claro?

Los chicos volvieron a asentir.

Se disponían a marchar cuando el camarero se les quedó mirando y dijo:

—Bueno, pero ¿y el desayuno?

Ya ni se acordaban.

—¡Es verdad! ¡Si aún no hemos comido nada! —exclamó el padre.

—¡No tenemos tiempo, padre! —gritó Marcos abriendo la puerta.

Eloy aprovechó la ocasión para salir, fingiendo no haber oído nada. Marcos salió tras él. El padre se encontró solo en medio del bar sin saber qué hacer. Dudó unos instantes y, finalmente, se acercó al camarero y le dijo amablemente:

—¿Quiere envolverlo, por favor? Nos lo llevaremos.

—¿También quiere que le envuelva el café con leche y el batido? —preguntó el camarero con sorna.

El hombre gordo se echó a reír. El padre empezó a beberse el café con leche un poco cohibido, mientras el camarero iba en busca de un papel para envolver las rebanadas de pan con tomate y queso.

Cuando el padre salió del bar, entraron cuatro hombres más. Venían riendo y frotándose las manos, y gritaron:

—¡Poldo, un café bien cargado, que nos vamos de safari!

Efectivamente, junto a la furgoneta había otros dos coches parados, dentro de los cuales se veían escopetas enfundadas.

La furgoneta enfiló una carretera asfaltada, muy ancha, que conducía a la urbanización. Leyeron el cartel que había en la entrada: «Urbanización Font del Príncep, aprobada por el Ministerio de Urbanismo. Venta de parcelas con agua, luz, calles asfaltadas, campos de tenis y piscina». Entraron en ella, dirigiéndose siempre hacia arriba. Finalmente, los chalés y las calles asfaltadas de la urbanización se terminaron y ellos continuaron por un camino de tierra que seguía más allá de las parcelas. No habían encontrado a nadie a quien poder preguntar si aquel camino los conduciría hasta los picos del monte, pero siguieron adelante.

Penetraron en el bosque.

Los chicos observaban el paisaje con extraordinaria atención, intentando atravesar con los ojos el espesor de ramas y hojas.

El camino era cada vez peor.

—Me parece que por aquí no iremos a ninguna parte —gruñó el padre.

—Sigamos un poco más —dijo el Mofletes.

Llegaron a un lugar donde el camino se dividía en dos: uno continuaba flanqueando la montaña más o menos a la misma altura, y otro, con una brusca curva, subía decididamente hacia arriba.

El padre detuvo la furgoneta.

—Y ahora, ¿por dónde vamos? —gruñó.

Los chicos no se atrevían a decir nada. ¿Y si aconsejaban al hombre que tomara un camino y era el equivocado? No se decidían a hablar.

—¿Eh? ¿Por dónde vamos?

Se produjo un largo silencio. Finalmente, Marcos abrió la boca:

—¿Y si fuéramos por ahí? —dijo señalando el camino que flanqueaba la montaña, e inmediatamente tuvo el presentimiento de que se equivocaba, de que habría debido optar por el otro, pero no dijo nada.

—¿Queréis que vayamos por ahí? —volvió a preguntar el padre mirando el camino que Marcos había señalado.

Marcos no se atrevió a insistir y Eloy exclamó:

—Vamos —pero lo dijo sin ningún convencimiento.

Y fueron por allí. El camino era estrecho y muy malo. Las ramas de las encinas arañaban el techo de la furgoneta.

—A ver si nos encontramos con que no podemos avanzar ni retroceder —murmuraba el padre—. Habríamos tenido que esperarnos y subir con aquellos hombres... Por aquí no sabemos adónde vamos... Claro que entonces ya no habríamos tenido tiempo de buscar... —seguía murmurando.

Y mirando a su hijo, que tenía la nariz prácticamente pegada al cristal de la furgoneta y observaba obsesivamente el exterior, le dijo:

—¡Toma, come! —y le dio el paquete del desayuno.

Marcos lo desenvolvió y empezó a comer, sin demasiado entusiasmo, una de las rebanadas de pan.

Al torcer una curva, el bosque se aclaró súbitamente, dando paso a unos bancales abandonados. A unos doscientos metros se veía una casa de campo, no muy grande. Una casa de campo que parecía abandonada. Las ventanas estaban rotas y abiertas de par en par, y todo lo que había a su alrededor parecía dejado de la mano de Dios. Sin embargo, delante había un coche parado y, junto al coche, tres hombres con escopetas hablando. Al verlos, Eloy y Marcos se intranquilizaron. La furgoneta se acercó lentamente. Una vez a su altura, el padre bajó el cristal de la ventanilla y saludó a los hombres, que se habían quedado mirándolos.

—Buenos días.

—Buenos días —contestó un hombre delgadito, de espesos bigotes.

—Estamos buscando la jauría de perros salvajes —dijo el padre—. ¿Saben si andan por aquí?

—Están allá arriba, detrás de aquel pico. No hace ni un cuarto de hora que los hemos visto.

El corazón de los chicos se aceleró. Estaban cerca de

Brillante. Sólo había que subir hasta los picos y correr hacia él. Quizá si lo llamaran los oiría y bajaría corriendo hasta donde ellos estaban. Claro que si Brillante venía corriendo, seguro que los hombres dispararían y lo matarían sin darle tiempo a demostrales que era un perro manso.

El padre salió de la furgoneta para hablar con los hombres.

—¿No saben si entre ellos hay un perro negro, muy peludo, con los pies blancos, de este tamaño más o menos —hizo un gesto con la mano—, que lleva un collar normal y un antiparásitos?

Los hombres hicieron corro a su alrededor. Un hombre calvo, ya viejo, se dirigió al hombre delgadito de espesos bigotes:

—Yo creo que sí hay uno negro de ese tamaño, ¿verdad?

—No lo sé —contestó el otro—. Negros hay tres o cuatro.

Los chicos, al oír lo que los hombres decían, también bajaron de la furgoneta.

—¿De qué raza es ese que dice? —preguntó el hombre del bigote al padre.

—No es de ninguna raza concreta —contestó éste.

—¿Dónde lo perdió? —preguntó el viejo.

—¡Uy...! Lo perdimos en Pineda del Vallés. Por eso nos extraña que haya podido venir a parar tan lejos —dijo el padre.

—No es nada raro —dijo el hombre que aún no había hablado—. Una hermana mía tenía un perro que le habían regalado y se le escapó recorriendo treinta kilómetros para volver a casa de sus antiguos amos. Era un perro muy bueno, muy bueno...

—Oiga —dijo el padre interrumpiéndolo—, ¿cómo podría llegar con la furgoneta hasta donde están esos perros?

—No, con la furgoneta no podrá llegar. No hay camino. Hay que ir andando. Y con niños no se lo aconsejo. Hay muy mal camino. Y además están los perros. Yo no me arriesgaría.

Los dos chicos se habían ido apartando lentamente de donde estaban los hombres y habían subido hasta unos bancales que se encontraban un poco más arriba de la casa. Miraban hacia los picos, sin atreverse a penetrar en el bosque. Los hombres seguían hablando; nadie se había fijado en ellos.

—¿Y ustedes van a matarlos? —preguntó el padre.

—Sí, estamos esperando a que suban los otros. Cuando estemos todos, los rodearemos para que no puedan escapar... Sí, qué le vamos a hacer... Se han vuelto salvajes y son muy peligrosos.

Eloy y Marcos, sin decir nada, habían ido subiendo, ahora un pie, después otro, como quien no quiere la cosa, unos veinticinco metros montaña arriba. Ya no veían a los hombres, pero aún oían sus voces:

—Pues yo tuve un perro de caza... —decía uno—. Tú te acordarás, Pepe... Se llamaba Saldo.

—¡Sí! —contestó el otro riendo.

—¡Qué bueno era aquel perro! Un día habíamos salido tras un jabalí...

Los chicos, sin decirse nada, habían subido un poco más. Si el padre lo hubiera visto, los habría reñido; pero...

«Sólo hasta aquel pico, para mirar al otro lado —pensaban—. Está tan cerca...»

En aquel momento, dos descargas secas y seguidas retumbaron por toda la montaña. Eloy y Marcos tuvieron un sobresalto y se miraron asustados. No dijeron nada ni acordaron nada, pero los dos echaron a correr montaña arriba. Ya daba igual, de todos modos los reñirían... Uno de los grupos de cazadores había descubierto a los perros y... la batida había empezado.

Eloy y Marcos se esforzaban por correr con todas sus fuerzas montaña arriba, a través del bosque de pinos, encinas y robles jóvenes que aparecían aquí y allá, pero el sotobosque era tan espeso que apenas si podían avanzar.

Al cabo de unos minutos los dos tenían las manos ensangrentadas debido a las espinas de las aulagas. Y menos mal que la ropa que llevaban les protegía mínimamente el cuerpo... Pero a Marcos ya se le había desgarrado el jersey por más de diez sitios. Al principio procuró tener cuidado, pero después ya le daba igual. ¿Qué importaba si el jersey ya estaba roto...? Sabía que se la cargaría, pero bueno... El caso era llegar hasta el pico cuanto antes.

Los chicos estaban desconcertados: tan cerca que parecía la cima y, sin embargo, no acababan de llegar nunca. Estaban sudados, cansados, heridos por cien arañazos. Marcos no podía más. Se lo había tomado con demasiado ímpetu y ahora sentía una fuerte punzada en la parte derecha del vientre: de tanto correr le había dado un flato fortísimo.

Eloy había ido avanzando y ahora trepaba por una cresta de rocas que, si bien era un tanto peligrosa, al menos tenía la ventaja de que el camino no estaba lleno de aulagas. Una vez sobre las rocas, Eloy se volvió para mirar a su compañero. El Mofletes ni siquiera había empezado a trepar. Estaba abajo, quieto, con una mano presionándose el vientre, los ojos como platos, sudado, despeinado, con el jersey desgarrado por todas partes.

—¡Vamos, Marcos, corre!

Marcos no contestó. La punzada del vientre lo tenía clavado en el suelo y no le permitía moverse. Respiraba fatigosamente y su aspecto era lastimoso.

De pronto se oyó otra ráfaga seca y el retumbar del eco en las montañas.

Eloy se volvió y miró hacia la loma. Ya estaba cerca. Volvió a mirar a Marcos.

—¡Venga, Marcos, date prisa!

Éste continuaba encogido, con la mano presionándose el vientre. Por fin, haciendo un esfuerzo, consiguió decir:

—No puedo más.

—¡Venga, hombre; si ya estamos arriba! —dijo Eloy con intención de animarlo.

Marcos movió la cabeza negativamente y repitió:

—No puedo más —y sobreponiéndose al cansancio, añadió—: Ve tú.

—¡No! ¡No! ¡Vamos, hombre; si ya llegamos! —insistió Eloy.

—No puedo más... Ve tú —repitió Marcos mirando angustiosamente a su amigo.

Eloy comprendió que iba de veras: Marcos no subiría aquellas peñas. Durante unos segundos no supo qué hacer. Sentía dejar a su amigo, pero los picos estaban tan cerca que no podía renunciar a subir para echar una ojeada al otro lado. Al fin, dijo:

—Bueno, espérame aquí. Subiré hasta la cima y volveré enseguida.

Marcos estaba encogido, rígido, pero tenía la cabeza levantada y miraba a Eloy con los ojos muy abiertos.

—Eloy —dijo.

—¿Qué? —preguntó Eloy.

—Encuéntralo.

Aquello acabó de decidir a Eloy, que echó a correr monte arriba gritando:

—¡Lo encontraré, Marcos, lo encontraré!

Por fin, Eloy, extenuado, lleno de arañazos, resoplando, llegó hasta los picos de la cima. Pero cuando, después de desearlo tanto, pudo ver el otro lado de la montaña, tuvo una gran desilusión.

Creía que iba a ver espacio abierto, un valle, campos, o lo que fuera, y que descubriría si había perros salvajes o no, y en lugar de eso se encontró con otras montañas, tan espesas de bosque como la que acababa de subir. Una auténtica muralla de pinos y encinas seguía cerrándole el paso.

Se desmoralizó por completo.

¿Qué debía hacer ahora?

¿Hacia dónde ir?

No se sentía capaz de continuar caminando entre los espinos.

¿Debía volver junto a Marcos?

No comprendía por qué los hombres que habían encontrado en la casa de campo abandonada decían que habían visto a la jauría en aquella loma.

¿Dónde la habían visto?

Él sólo veía bosque y más bosque por todas partes.

Y mientras pensaba todas esas cosas, se oyeron otros dos disparos seguidos, que resonaron como las veces anteriores. Habían sonado en la montaña que había delante, estaba seguro. Pero aquella vez, además, se oyeron también unos ladridos roncos. Los perros estaban allí enfrente, muy cerca. Había que llegar hasta la segunda loma. Eloy, sin pensarlo dos veces, empezó a bajar por la otra vertiente del monte.

Quería correr tanto que no esquivaba las matas de tomillo o romero, sino que, sencillamente, pasaba por encima de ellas, sin mirar dónde ponía los pies. De pronto, sintió una especie de hilos repugnantes que le envolvían totalmente la cara y las manos. Había pasado a través de una telaraña tejida entre dos arbustos. Eloy sintió un asco indescriptible. Tenía los cabellos, los ojos, la boca llenos de aquellos hilos pegajosos y repugnantes. Entonces se dio cuenta de que le subía una araña inmensa por el pecho. Era redonda, amarilla con rayas negras transversales. El insecto movía las patas a gran velocidad y Eloy tuvo la sensación de que quería picarle en la cara.

Se quedó aterrado. La araña le alcanzó la cara y Eloy, perdido por completo el dominio de sus nervios, fuera de sí, sin mirar dónde ponía los pies, se lanzó hacia adelante. Sólo quería huir de la araña y, en su obcecación, tropezó en unas raíces y cayó rodando por una pendiente muy pronunciada, hasta detenerse en unas matas de enebro que, además de pincharlo por todas partes, detuvieron su caída.

Quedó tendido en el suelo. Se había golpeado con alguna rama y su mejilla derecha sangraba. Se dio cuenta de que una de las mangas de su chaqueta se había desgarrado por completo.

«¡Ay, mi madre!», pensó.

Claro que, después de todo lo que había pasado, aquello era lo de menos.

En realidad, lo que había hecho era grave.

Él y Marcos se habían apartado del padre de su amigo a pesar de haberle prometido que no lo harían.

Y después, él se había alejado bosque adentro en busca de unos perros que era muy posible que fueran peligrosos, como habían dicho aquellos hombres. También entraba dentro de lo probable que Brillante, si es que verdaderamente era Brillante el perro que había visto la señora de la urbanización que había llamado por teléfono, se hubiera vuelto salvaje como los demás y atacara a las personas, y quién sabe si no le atacaría también a él si llegaba a encontrarlo...

Además, en aquellos momentos los perros debían de estar furiosos al verse perseguidos a tiros... ¿Y si estuvieran rabiosos...?

La inquietud de Eloy era cada vez mayor.

Pensaba que había cometido una gran imprudencia que quizá le costara muy cara. Intentó moverse y comprobó que la rodilla izquierda le dolía mucho. Sintió miedo. Tal como estaba no podía correr, y si los perros lo encontraban y lo atacaban no podría defenderse ni huir. Miró hacia atrás, hacia el lugar desde donde había caído. Sí, decididamente tenía que volver a subir a la cima y bajar por la vertiente opuesta hasta el lugar donde Marcos esperaba. Pero por aquella parte era imposible subir: el suelo era arenoso y resbaladizo. Intentó agarrarse con fuerza a una aulaga espinosa para ayudarse a subir, pero no había manera de asegurar los pies y volvió a caer.

Por fin, desmoralizado, se dejó resbalar hasta el final de aquella pendiente de arena gruesa. Intentaría subir por algún lugar más fácil. La cara le escocía y tenía las mejillas húmedas de sangre, pero no podía lamentarse. Tenía que arreglárselas solo, porque sería muy difícil que alguien acudiera a ayudarle al lugar donde se encontraba.

De pronto, sintió tras sí un murmullo de ramas y hojas. Se volvió rápidamente y se quedó helado. A unos siete metros, en el otro extremo del claro donde se encontraba, un perro dóberman, con la cabeza baja y las orejas tiesas, le miraba fijamente.

Eloy permaneció inmóvil. No se atrevía a moverse, tan grande era su miedo. El perro le miraba fiero y hostil. Estuvieron así durante algunos segundos, observándose mutuamente, sin moverse. Al cabo de unos momentos, el perro empezó a gruñir y a acercarse amenazadoramente hacia Eloy enseñándole los dientes.

El chico se sintió perdido. No sabía si echar a correr o quedarse quieto.

De poco le habría servido correr. Y menos aún cojeando. Y a su alrededor no había ni siquiera un palo con el que poder defenderse. Entonces se dio cuenta de que entre la maleza iban apareciendo más perros y le plantaban cara.

Desesperado, intentó trepar a un pino joven que tenía a su lado. Sabía que el árbol era demasiado delgado y que no tendría tiempo de subir a él. Pero el instinto de conservación le llevó a intentarlo.

Sin embargo, aún no había levantado los dos pies del suelo cuando uno de aquellos perros salvajes se le echó encima y lo derribó.

Horrorizado, Eloy se tapó la cara con las manos para protegerse del horrible final que le esperaba.

El perro que se había echado encima lo tenía sujeto en el suelo, con las patas delanteras sobre su cuerpo.

El animal empezó a gañir y acabó ladrando fuerte.

Eloy no se atrevía a abrir los ojos.

De pronto, sintió que el perro que tenía encima empezaba a lamerle la cara y las manos.

Lleno de miedo, se decidió a mirar lo que pasaba y apartó las manos de su cara. Entonces sintió los lametazos del perro sobre sus ojos, su boca, su nariz...

—¡Brillante! —gritó Eloy—. ¡Por fin! ¡Brillante! ¡Por fin te encuentro!

Y se abrazó con todas sus fuerzas a aquel perro delgado y sucio que temblaba, gañía, ladraba, lamía y mordía en un intento descontrolado de comunicar su incontenible alegría. Y el chico apretó fuertemente al perro contra su pecho y lo sintió vivo, caliente, suyo. ¡Por fin, suyo! ¡Por fin! ¡Después de tantos y tantos días de buscarlo! ¡Ahora ya no se separarían nunca!

«¡Oh, cuando lo vean Marcos y todos los demás...!», pensaba.

Y se olvidó de golpe de todas las peripecias que había pasado.

Los demás perros se habían quedado quietos, contemplando la escena entre Eloy y Brillante. El dóberman que conducía la jauría se había detenido a un metro de distancia y los miraba fijamente sin dejar de gruñir. Como sólo gruñía y no parecía decidido a atacar, poco a poco, Eloy fue tomando confianza, hasta que decidió incorporarse y sentarse en el suelo. Entonces el dóberman le enseñó los dientes amenazadoramente, pero no se movió. Al contrario; se fue tranquilizando, y al cabo de unos momentos se retiró hasta donde estaban los otros perros esperando.

Eloy y Brillante continuaban abrazados.

—¡Brillante! ¡Bonito! ¡Estás tan delgado y tan sucio que casi no te conozco! —le decía Eloy—. Debes de haber sufrido mucho, ¿verdad? ¡Pobrecito! —y lo acariciaba sin parar.

Brillante estaba tan emocionado que no dejaba de temblar. Movía el rabo y todo el cuerpo, sin saber qué le pasaba. Hasta después de un buen rato de gañidos y temblores no empezó a tranquilizarse. Entonces, ya más sereno, echado sobre las piernas del chico y con la lengua fuera, aceptaba con los ojos cerrados sus caricias.

—Brillante, estás lleno de heridas —decía Eloy mientras comprobaba el lastimoso estado de su amigo, lleno de llagas y costras por todas partes: la espalda, la pata, la oreja...

Una perra pequeñita, muy peluda, con collar, y que quizá en algún tiempo había sido blanca, se fue acercando muy tímidamente hasta donde estaban ambos. Eloy intentó acariciarla también, pero ella, al ver que el chico alargaba la mano, huyó corriendo con el rabo entre las patas. Entonces Eloy se puso de pie y todos los perros se apartaron con miedo, incluso el dóberman, que, a pesar de todo, no dejaba de gruñir.

Eloy pensó que era injusto que quisieran eliminar a aquellos animales que sólo necesitaban comida y un poco de afecto para volver a ser mansos. Sin duda lo habían sido antes de verse obligados a robar y matar para poder sobrevivir.

Allí, en aquella pequeña explanada, se habían reunido cinco de los perros perdidos, además de Brillante: el dóberman, que era el que mandaba en la jauría; la perrita blanca, un dálmata y dos perros pequeños de raza indefinida, de patas cortas y grandes orejas caídas. Todos estaban demacrados, flacos.

«Cuánta hambre deben de haber pasado estos animales», pensaba Eloy.

Y habría deseado llevar comida encima para podérsela dar. Pero, claro, no llevaba nada, absolutamente nada.

Los perros estaban agrupados a unos diez metros de donde Eloy y Brillante se encontraban. Estaban quietos, mirando. Sólo la perrita peluda abandonaba de vez en cuando el grupo para acercarse a unos tres metros del chico; pero cuando éste se movía un poco, reculaba rápidamente hasta el lugar donde sus compañeros esperaban. Aquel animal se debatía entre dos impulsos contradictorios: por un lado, se sentía dominado por su inclinación salvaje, el sentido de conservación, su experiencia ante el hombre, que últimamente se había convertido en un ser peligroso que lo perseguía de forma implacable y del cual había que huir; por el otro, quién sabe si la alegría de Brillante al encontrar a su antiguo amo habría removido en su cerebro los antiguos recuerdos de cuando ella también tenía unos amos que la querían y le daban de comer y de beber todos los días, hasta que un día la dejaron en la montaña y no volvió a verlos nunca más. Quizá Eloy, que parecía querer tanto a Brillante, era diferente de los hombres malos que los perseguían por todas partes. Ella hubiera deseado tanto tener un amo...

Eloy, sosteniendo a Brillante en brazos, se acercó al grupo de los perros. Ya no le daban miedo. Los animales, cuando vieron que el chico se acercaba, se alejaron, ariscos, unos cuantos metros. Sólo la perrita blanca se apartaba y, después, volvía a acercarse indecisa.

¿Y aquéllos eran los perros que todo el mundo consideraba tan peligrosos? Eloy no salía de su asombro pensando que los hombres del pueblo habían organizado un auténtico ejército de cazadores para ir contra ellos. Desde su punto de vista, no comprendía qué razones podía tener aquella gente para actuar como actuaba.

En aquel momento se oyeron voces de hombre muy cerca:

—¡Eh, aquí hay uno muerto!

—Es el que ha matado Pedro. ¿Dónde está el grupo del farmacéutico?

—Venían por el otro lado.

—Empecemos a bajar. Los atraparemos a todos en el valle.

Eloy se asustó. Si aquellos hombres continuaban bajando, antes de diez minutos llegarían a la explanada. Había que huir de allí, llevarse a Brillante.

«¿Por dónde huir? —pensaba—. Parece que tienen rodeada la montaña.»

Sabía que no podía perder más tiempo. Había que escapar, y pronto. Y dejó a Brillante en el suelo.

—Brillante —dijo muy bajito, pasándole una mano por el lomo—. Ahora tienes que seguirme sin moverte de mi lado, pase lo que pase, ¿me oyes? Intentaremos salir de aquí.

El perro lo miraba atento. Eloy empezó a andar en dirección opuesta al lugar de donde habían venido las voces. Al menos sabía hacia dónde no debía ir. Brillante, efectivamente, lo seguía. Pero no solamente Brillante. El dóberman también se había puesto en movimiento y, tras él, toda la jauría. También ellos habían intuido el peligro que se acercaba y querían huir de él.

Por aquella parte era muy difícil avanzar a causa de la espesura del sotobosque. A Eloy no le quedó más remedio que volver a caminar entre los espinos y las aulagas, pinchándose y desgarrándose la ropa por todas partes. Brillante lo seguía sin despegarse de él, y a unos diez metros, el resto de la jauría. Eloy estaba muy contento al ver que todos los perros iban tras él. Pensaba: «A ver si puedo romper el cerco y los salvo a todos».

Eso hizo que se sintiera importante. Y continuó avanzando con renovado ánimo.

El sotobosque se aclaró pronto y llegaron a un lugar donde se veía un antiguo camino, ya casi desaparecido, pero que aún se podía seguir más o menos cómodamente. Eloy esperó unos momentos para dar tiempo a que llegaran los demás perros. Poco a poco, la jauría se fue reuniendo y el chico dijo en voz muy baja:

—¡Vámonos! ¡Deprisa!

Y empezó a caminar hacia el norte, hacia el lado opuesto de donde venían. Brillante le siguió, como de costumbre, pero el dóberman se quedó inmóvil, mirándolo. Los otros perros también permanecieron quietos. Sólo la perrita blanca inició la acción de seguir a Eloy, pero cuando vio que los demás no lo hacían, retrocedió. Luego dio de nuevo unos pasos hacia adelante y retrocedió otra vez.

Cuando Eloy vio que los perros no lo seguían, se detuvo. Lamentaba que no quisieran ir con él. Ya se había hecho a la idea de salvar a toda la jauría. Y dio un paso hacia el grupo, que lo miraba expectante.

—¡Venga, vamos! —les dijo.

El dóberman, al ver que el chico se acercaba, inició la retirada echando a andar en sentido contrario, seguido por los demás perros. Eloy intuía que aquel camino, en la dirección emprendida por los animales, conducía hacia la cima de donde él venía y que, por tanto, los llevaría a la otra vertiente de la montaña, donde los cazadores les cerrarían el paso.

—¡No, por ahí no! También hay cazadores —les dijo en voz baja, sin atreverse a gritar por miedo a delatar su presencia.

Pero los perros siguieron el camino y desaparecieron entre el paisaje. Habían elegido su independencia, su impulso salvaje, su libertad. Ya no obedecían a ningún hombre. Sus instintos ancestrales, que los unían a su remotísimo pasado de lobos, se habían vuelto a actualizar. Después de miles y miles de generaciones, eran otra vez una manada de lobos a la deriva. Lobos que volvían a la naturaleza cuando ya la naturaleza, enferma, saqueada por el hombre, no podía acogerlos. No había lugar para ellos en el mundo. Ya no podían vivir más que al amparo del hombre, y era precisamente el hombre quien había decidido su exterminio.

Eloy pensó que, después de todo, era mejor que se separaran de aquel modo. Porque, aunque consiguieran eludir a los cazadores, ¿qué habría hecho con toda la jauría? Él sólo podría, si tenía suerte, salvar a su Brillante. Pero ¿cómo se las habría arreglado con todos los demás perros? Pensó que quizá habría podido llevarlos a la sociedad protectora de animales. En todo caso, ¿cómo ir hasta allí, solo, andando, con toda la manada de perros proscritos detrás? No era posible. Nada podía salvar a aquellos animales. Su destino ya estaba decidido.

Brillante, al ver que todos sus compañeros se iban hacia el otro lado, echó a correr detrás de ellos. Eloy lo llamó sin tener ya en cuenta a los cazadores. El corazón le saltaba en el pecho.

—¡Brillante! ¡Aquí! ¡Brillante! ¡Ven enseguida!

Por un momento pensó que de nuevo iba a perder al perro, y esta vez definitivamente. Pero el perro, cuando oyó que Eloy lo llamaba, volvió a su lado moviendo el rabo.

—Brillante, no te muevas de mi lado, ¿me oyes? No vuelvas a separarte de mí nunca más, ¿me oyes?

Y se lo llevó agarrado por el collar.

Siguieron un buen rato aquel antiguo camino, que debía de hacer mucho tiempo que no se utilizaba, ya que estaba casi cubierto por completo de zarzas y retamas.

Eloy sabía que pasando por detrás de los cazadores volvería a la casa abandonada donde el padre de Marcos había dejado el coche. Pero la verdad es que no tenía ni idea de qué camino elegir para conseguirlo. Si al menos hubiera podido subir a alguna montaña para orientarse... De momento, lo único que podía hacer era seguir por el viejo camino. Y así lo hizo, llevando siempre a Brillante cogido por el collar.

Anduvieron durante un buen rato, sin saber exactamente adónde iban.

Cuando tuvo conciencia de que se había perdido, se asustó un poco. Menos mal que Brillante estaba con él y el animal sabría defenderlo de cualquiera de los peligros que pudieran acecharlo, pensó.

Llegaron a un lugar un poco más elevado y el chico miró en todas direcciones. Bosques, montañas... Nada, nada que pudiera orientarlo. Se sentó en el suelo, entristecido. De pronto sintió un hambre feroz. No sabía la hora que era, pero estaba seguro de que era hora de comer. Eso si no era mucho más tarde. Hacía ya tanto que se había alejado del padre de Marcos... ¡Pobre hombre! Seguramente estaría preocupadísimo buscándolo... Quizá había hecho mal escapándose... Pero gracias a eso había encontrado a Brillante; de lo contrario, lo habrían matado como a los otros perros. Por cierto, ¿hacia dónde habrían ido los demás? ¿Se habrían podido salvar?

Y justo en aquel momento oyó en la lejanía una descarga de escopeta, y después otra, y otra... Y cuatro o cinco más seguidas. Los disparos habían sonado lejos, a su derecha, pero las montañas los habían hecho retumbar de tal modo que a Eloy le habría sido muy difícil decir de dónde procedían. Se puso en pie de un salto y cogió a Brillante por el collar. Cuatro nuevas descargas retumbaron por los bosques. Eloy se abrazó a Brillante muy fuerte. Éste estaba inquieto y gañía.

—No tengas miedo, Brillante. Ahora estás conmigo. ¿Me oyes? —dijo Eloy abrazándolo.

Y volvió a emprender la marcha con el perro en brazos. Había que seguir adelante y subir a la cima de la montaña que estaba frente a él. Quizá desde allá arriba podría orientarse mejor.

El camino se perdió definitivamente al pie de una escarpada pared de piedra por donde era muy difícil subir, y más aún con el perro. Fue caminando a lo largo de aquella pared que no parecía tener fin. Se encontraba al pie de un despeñadero cada vez más alto y vertical. No sabía qué hacer. Volvió a sentarse en el suelo.

«Da igual que ande o que me siente», pensó. En realidad, no sabía adónde iba... Brillante se había echado en el suelo, a su lado. Eloy lo miró.

—Vamos, Brillante; eso no vale. No te eches. Ayúdame a salir de aquí.

Pero Brillante no podía entenderlo.

Por primera vez, después de tanto tiempo, volvía a tener un amo en quien confiar, a quien seguir, a quien obedecer. Si Eloy estaba allí sentado, él podía echarse a su lado. Ya se había acabado el no saber adónde ir ni qué hacer. Se había acabado el pasar hambre y sed. A partir de aquel momento, Eloy saciaría su hambre, Eloy le señalaría el camino a seguir... Y Eloy, el pobre, estaba a punto de llorar.

Brillante levantó la cabeza para mirar al chico y al verlo allí sentado, con la cara entre las manos y apoyado sobre las rodillas, se levantó y se le acercó gañendo largamente, como si quisiera hablar. Viendo que el chico continuaba con la cara oculta, empezó a lamerle las manos, hasta que él levantó la cabeza y lo miró de frente.

Eloy tenía la mirada muy triste. Brillante nunca lo había visto de aquel modo y, sin dejar de mirarlo ni de gañir, levantó un poco las orejas y volvió la cabeza hacia la derecha.

Entonces, Eloy lo abrazó diciendo:

—¡Brillante, nos hemos perdido! ¿No lo entiendes?

Y permanecieron abrazados durante un buen rato.

Eloy vio cómo la noche iba cayendo encima de su hambre, de su sed, de su cansancio, de su miedo, de su angustia, de su remordimiento. ¿Qué debían de estar haciendo su madre e Isona? ¿Las habría avisado el señor Vidal de que se había escapado y se había perdido? Claro. Seguro que habría llamado por teléfono para decirles que él, Eloy, había desobedecido sus indicaciones y se había perdido. Seguro que en aquellos momentos todos estaban buscándolo por la montaña. Sí, sin duda eso era lo que estaban haciendo: buscándolo. Y antes o después lo encontrarían y lo sacarían del fondo de aquel barranco donde ahora estaba y de donde no se veía capaz de salir por sí mismo.

Sin embargo, no tenía miedo porque Brillante estaba con él, a su lado, encima de él. Y se acurrucó junto a su perro, abrazado a él, para sentir la tibieza que tanto necesitaba en aquellos momentos, para sentir toda la amistad y la compañía que podía darle aquel animalito débil, pequeño y manso.

Eloy empezó a acariciarlo suavemente y pensó que a la mañana siguiente, cuando ya fuera de día y no hiciera tanto frío, intentarían volver atrás, aunque resultara difícil y les costara mucho trabajo, y seguro que acabarían encontrando algún lugar habitado. Sólo era cuestión de no desmoralizarse. Lo conseguirían. Y después, cuando se reuniera con sus amigos, les explicaría de qué modo había encontrado a Brillante y cómo lo había salvado. Y les diría que no tuvo miedo de pasar toda una noche perdido en medio del bosque. Y a partir de aquel día tendrían siempre muy en cuenta las cosas que él dijera, porque, con toda seguridad, se convertiría a los ojos de sus amigos en una persona muy importante y...

Un búho inició su ulular intermitente desde un árbol situado cerca del lugar donde los dos amigos estaban echados, pero ellos ya no lo oyeron. El sueño había venido a liberarlos del frío, del hambre, de la sed y del miedo. Y la luna recorrió todo el cielo que podía verse desde el fondo del barranco.

DE PRONTO, Eloy abrió los ojos. El perro se había movido bruscamente.

Era de día.

Todo estaba completamente mojado y hacía mucho frío. Brillante levantó levemente las orejas y empezó a emitir aquel gañido con el que parecía querer hablar. Estaba inquieto. Empezó a caminar de un lado a otro por el barranco y de vez en cuando levantaba la cabeza. Eloy se incorporó y le dijo:

—Tranquilízate, Brillante. Ahora mismo nos vamos.

Entonces oyó una voz muy lejana que gritaba su nombre:

—¡Eloy...!

—Nos están buscando, Brillante. ¿Lo oyes? ¡Nos están buscando!

Y empezó a saltar de alegría.

—¡Aquí! ¡Aquí! ¡Estoy aquí! —gritó con todas sus fuerzas.

Y echó a correr barranco abajo seguido por el perro, deshaciendo el camino que había hecho el día anterior.

—¡Estoy aquí! ¡Estoy aquí! —iba gritando mientras buscaba algún lugar por donde poder subir y salir de aquel barranco. Quizá pudieran oírlo.

Intentó subir por una de las paredes, pero se dio cuenta de que no podría llegar hasta arriba y que corría el peligro de caer y matarse. Empezó a angustiarse. ¿Y si no le oían y pasaban de largo...?

En aquel momento, Brillante se puso a ladrar con todas sus fuerzas. Y ladró y ladró...

Al cabo de una hora larga, alguien gritó desde arriba:

—¡Eloy! ¿Estás bien?

Eloy miró hacia arriba. Desde lo alto del despeñadero un hombre le hablaba.

—Sí, estoy bien. Pero no sé cómo salir de aquí —contestó el chico.

—No te muevas. Ahora traerán cuerdas y te sacaremos.

Se oyeron dos tiros de escopeta que resonaron profundamente en aquel lugar cerrado. Eloy, al oír los tiros, cogió a Brillante en brazos. Al cabo de unos diez minutos, dos hombres más se asomaron al precipicio. Desde abajo se les oía discutir. Pasados unos minutos, dejaron caer una cuerda. Un instante después, un hombre se descolgaba hasta Eloy. El chico estaba de pie, esperando, con el perro entre los brazos. El hombre se le acercó.

—Vaya, así que éste es Brillante.

—Sí —contestó Eloy—. ¿Lo conoce?

—Hombre..., conocerlo, lo que se dice conocerlo, no, pero he oído hablar de él... Te aseguro que desde ayer, desde que desapareciste, no se habla más que de ti y del perro en los pueblos de la comarca. Piensa que tus padres, la guardia civil y todos nosotros no hemos dejado de buscarte desde ayer. Lo que no sabíamos era que habías encontrado al perro. Debes de estar contento, ¿no?

—Sí, mucho —dijo el chico acercando su cara a la del animal, que respiraba agitado, con la lengua fuera.

Los sacaron con cuerdas. Y una vez arriba, los otros dos hombres no hacían más que felicitarlo por haber salido con bien de todo aquello. Le dieron un jersey que le quedaba muy grande, pero que le hizo entrar en calor.

Anduvieron aproximadamente un cuarto de hora hasta llegar a un camino de tierra, bastante ancho, por el que empezaron a bajar. Por fin, llegaron a una furgoneta que los estaba esperando. Y después, ya en el coche, siguieron bajando hasta llegar a la urbanización Font del Príncep. Allí los detuvo la guardia civil. Cuando vieron a Eloy se pusieron muy contentos y dijeron que ellos avisarían a los demás grupos. Y llegaron dos coches más. De uno de ellos bajaron corriendo el padre de Marcos, otros dos hombres y el padre de Eloy, el cual echó a correr hacia su hijo y lo abrazó sin reñirlo en absoluto. Vidal, el padre de Marcos, en lugar de estar enfadado, estaba más risueño y hablador que otras veces. Y todos juntos fueron en el coche hasta el restaurante Buen Provecho, donde había más gente del pueblo que ya sabía que llegaba Eloy con el perro. Su madre también estaba allí, porque se había pasado la noche recorriendo las montañas con uno de los grupos. Y el padre le hablaba, y la madre, y Vidal, y una señora, y uno del pueblo, y otro, y el camarero del bar, y el sargento de la guardia civil, el cual no paraba de decir:

—Vaya nochecita, vaya nochecita...

Y su madre no hacía más que mirarle el rasguño de la mejilla y le preguntaba que cómo se lo había hecho e insistía en que había que desinfectarlo... Y le preguntaba si los perros lo habían mordido, si había pasado frío...

Y Vidal reía.

Y su padre lo miraba.

Y de nuevo que si había tenido miedo.

Y su madre daba las gracias a todo el mundo.

Y la señora que los había avisado también estaba allí.

Y él, Eloy, pedía comida y agua para Brillante, y nadie lo escuchaba porque todo el mundo estaba muy excitado.

Y reían.

Y hablaban.

Y...

SUS PADRES, juntos, lo llevaron en el coche hasta casa. Al llegar, Isona bajó corriendo de casa de la vecina del piso de arriba, donde se había quedado esperando. Quería ver a Brillante.

Abrazó al perro y no paraba de decirle cosas. Y cuando su madre le preguntó que si no le decía nada a su hermano, que se había perdido, la niña lo miró y le dijo:

—¿Verdad que no te has perdido?

Su hermano le contestó que no, que no se había perdido, que sólo había ido a buscar a Brillante y nada más. Isona dijo que ya lo sabía.

Aquel día el teléfono no paró de sonar.

Primero fue Marcos, diciendo que iba enseguida, que tenían que contarse muchas cosas.

Después llamó Laura porque quería hablar con Eloy.

Nuria no dio señales de vida. Cuando Isona la llamó para proponerle que fuera a su casa porque ya tenían a Brillante, Nuria le contestó que creía que no iba a poder porque tenía que hacer muchas cosas, que estaba ordenando unos cajones y que... Pero, en realidad, no quiso ir a ver a Eloy porque eran tantas las ganas que tenía de hacerlo que temía que todo el mundo se daría cuenta.

El padre de Isona y Eloy, que aquel día no tenía mucho trabajo, dijo que se quedaría con ellos, pero que después volvería a marcharse. Les dijo que, sobre todo, al día siguiente llevaran a Brillante al veterinario para que le hiciera un buen reconocimiento, aunque a él le parecía que la única enfermedad del animal era el hambre.

Y aquella noche, Brillante, limpio y harto, durmió como un tronco en la galería donde tenían el lavadero en casa de Eloy e Isona.

AL DIA SIGUIENTE, cuando Eloy llegó al colegio, como muchos de sus compañeros ya sabían lo ocurrido porque los demás chicos del grupo se lo habían contado, fue recibido por todos como un héroe.

Bueno; por todos, no. Nuria, de momento, al verle, se puso colorada como un tomate y no le dijo nada.

Fue después, cuando Eloy se le acercó y le dijo que ya tenían a Brillante, cuando lo miró y le dijo que ya lo sabía, y siguió callada como si nada. El chico se quedó muy sorprendido ante aquella actitud tan fría, pero como todo el mundo le hacía preguntas, se apartó de Nuria, convencido de que la chica no tenía ganas de hablar. Por eso volvió a sorprenderse cuando, a la hora del recreo, Nuria se acercó a él y le preguntó diez, veinte, treinta, cien veces qué había pasado, qué había hecho y qué habría podido ocurrir. Y no paró de hablar en todo el recreo, de modo que no le dejó ir a jugar al balón con Marcos, el cual había ya formado un equipo para jugar contra los de la clase B y no hacía más que llamarlo:

—¿Vienes o no?

—Ya voy, ya voy —decía él.

Pero Nuria lo retenía.

—Eloy, no puedes irte. Tenemos que decidir dónde tendremos a Brillante a partir de ahora.

—Ya lo sé —respondió él muriéndose de ganas de ir a jugar, pero adoptando el papel de responsable que Nuria le atribuía.

—Es que estaba pensando... —dijo la chica.

—¿Qué?

—En la calle de Alguer, yendo hacia la estación, a mano izquierda, me parece que hay un solar pequeñito y...